CONTINENTS NOIRS

Collection dirigée par Jean-Noël Schifano

ÉRIC MUKENDI

MES DEUX PAPAS

ROMAN

CONTINENTS NOIRS *nrf* GALLIMARD

À Brianne, ma fille

1

Dites-moi madame, pourquoi je dois m'expliquer devant vous là. Si j'étais un petit Blanc, je n'aurais qu'à raconter. Je vous le jure. Par contre, ce que vous me demandez sans vous en rendre compte, c'est de traduire même pas les paroles mais les pensées et les intentions. Parce que les paroles d'un homme noir dans la tête d'un Blanc et les paroles d'un Blanc dans la tête d'un Noir ne s'assimilent pas toujours au niveau du sens. Il y a parfois des incompréhensions. Moi je parle le noir et le blanc. Et pas dans deux langues différentes. Seulement dans la langue française que tout le monde parle. Je parle le blanc et le noir en français. Tout du moins je peux parler le français ou le congolais, en français. Le congolais n'est pas une langue par exemple. Quand je dis ça, j'explique. Et je n'explique pas pour moi. Moi je le sais que le congolais n'est pas une langue. Je sais aussi ce que je veux dire par là. Je veux dire que la langue française employée par un Congolais est pour moi du congolais. C'est pour les gens avec qui je vis, qui selon leur origine, leur culture n'auront aucun lien avec le Congo que j'explique, parce que peut-être vous n'êtes pas habitués à notre manière à nous, les Africains, d'habiter le français. Par exemple, chez nous, quelqu'un peut te dire j'arrive et ne venir que deux heures plus tard sans que personne ne s'offusque ni n'y voie une occasion de gâcher la soirée. Mais je connais aussi des gens, si tu arrives avec deux heures de retard, ils font grave la tête et la fête est finie. Béatrice, elle est de ce genre-là. Bah moi je sais comment lui parler à Béatrice et j'agis en conséquence. Jamais de retard. Tu fais comme elle veut. Tu bouscules pas ses règles. Tu remets les trucs à leur place. Tu mets pas tes pieds sur la table. Tu changes de caleçon tous les jours et tu te brosses bien les dents avant de te coucher. Mais quand on traîne avec les copains, qu'il y en a un qui doit nous rejoindre et qu'il est en retard, bah je fais plutôt comme tonton Fulgence quand ses potes arrivent en retard. Je reste cool. Comme ce soir où deux amis à lui sont arrivés à vingt-deux heures alors qu'ils étaient supposés passer pour l'apéro, vers dix-neuf heures, normal, comme chez les Blancs quoi, et bah quand ses deux amis, avec leurs habitudes africaines de se laisser déborder par le temps, sont arrivés dans la nuit, Béatrice, qui jusque-là était avec tonton Fulgence et moi à regarder la télé et à se moquer des Africains et de leur problème philosophique avec le temps, s'est levée d'un bond :

— Je vais me coucher. Tu ne les laisses pas entrer Fulgence...

— Ma chérie.

Tonton Fulgence avait pris sa tête de quand il est embêté : sourcils relevés, les yeux grands ouverts, la bouche entrouverte.

— Ma chérie. Ces amis viennent de l'autre bout de Paris. Même s'ils sont en retard, je dois les recevoir quand même.

— Mais... tu leur avais bien dit pour l'apéro ?

— Je ne leur ai pas dit pour l'apéro. Je leur ai dit à dix-neuf heures. C'est pas un concept « l'apéro » pour eux. On commence l'apéro quand on veut.

— Oui tout le monde sait que vous avez un problème avec le temps...

— Tu l'as déjà dit ça...

Elle s'est baissée pour me faire un bisou et s'est éclipsée vers leur chambre et avant de refermer la porte, elle a recommencé à embêter tonton Fulgence :

— D'ici une heure tu leur dis qu'ils doivent partir. J'arriverai pas à dormir sinon.

— Alors tu veux que je chasse mes amis...

— Mais tes amis n'ont pas de manière : on vient pas chez les gens à vingt-deux heures un lundi soir. On annule et on prend un autre rendez-vous.

— Tu arrêtes s'il te plaît de faire ta Blanche. Chez nous quelqu'un qui se déplace pour venir te voir, c'est un hommage, un honneur qu'il te rend et aussi une preuve d'amour. Et puis cet ami vient du pays. Il est là pour une semaine. Il reste chez son cousin dont il dépend pour ses déplacements. Après avoir fait huit mille kilomètres, je vais le chasser parce qu'on est en semaine et que...

— Mais tu m'as dit que c'était deux amis et maintenant l'autre c'est un cousin.

— Laisse tomber Béatrice.

Alors au début ils ont bien essayé de pas faire de bruit et de parler doucement mais avec le résumé des matches de foot de la veille, qu'on avait mis en fond d'écran, avec les bières qu'ils buvaient, les souvenirs et la joie qu'ils avaient de se retrouver, ils ont commencé à rire, à parler fort et à pousser des cris. Et puis ils sont passés en mode commentaire automatisé :

— Ahhh...

— Vraiment.

— En tout cas.

— Hum!

— Ah là là.

Je ne crois pas qu'un Blanc puisse comprendre tout ce qu'un Noir met dans un « vraiment » bien placé. Quand quelqu'un te raconte une histoire qui lui tient à cœur, ce vraiment-là, dit avec gravité, signifie tout ce que la personne a envie d'entendre : « Je sais ce que tu endures ou ce que tu as enduré. La vie peut-elle être si difficile! Continue ton histoire. »

Dans la bouche d'un Blanc, « vraiment? » est prononcé plus haut, comme une question. Cela signifie grosso modo : « Oh là là c'est compliqué ce qui t'arrive, dis donc. Qu'est-ce que t'as bien pu faire pour te retrouver dans une histoire pareille? »

À un moment ils sont partis dans un grand fou rire et ce fut la première fois que les rapports entre Béatrice et les amis de tonton Fulgence connurent une dégradation. Elle est sortie avec la tête des mauvais jours, ses cheveux roux ébouriffés, son nez rougi à force de se moucher, emmitouflée dans son peignoir, et elle s'est mise à crier sur tonton Fulgence comme si c'était son enfant. Le salon qui respirait la joie une minute avant ne sentait plus que le malaise et la gêne. La gêne dans les yeux de tonton Fulgence qui n'aimait rien de moins que hausser la voix et qui faisait toujours preuve de la plus haute pudeur, la gêne dans le regard des deux tontons. Celui qui venait du bled s'est levé, s'est tourné vers Béatrice et en bougeant la paume des mains vers le sol il a dit, d'une voix très calme et douce avec un fort accent kasaïen :

— Maman Béatrice, faut pas te fâcher comme ça. Nous sommes juste des vieux amis de promotion, heureux de nous retrouver, après combien d'années, par la grâce de Dieu ! Nous avons déjà bien profité et on va vous laisser vous reposer.

Ils ont pris leurs affaires et sont partis après avoir embrassé tonton Fulgence et m'avoir serré la main. Pendant tout ce temps, tonton Fulgence est resté silencieux à regarder Béatrice. Dès qu'ils ont claqué la porte, Béatrice a éclaté en sanglots et moi j'ai couru dans ma chambre. C'était la première fois que je les voyais s'engueuler vraiment depuis mon arrivée en France. Et j'ai compris pourquoi. C'est parce qu'ils emploient les mêmes mots mais ne parlent pas la même langue.

Moi je parle les deux français. Celui de Béatrice et celui de l'école. J'ai commencé à apprendre le français d'Hortense et des bourgeoises du XVIe. Mais je parle aussi le français de tonton Fulgence et de ses potes congolais ou africains. Alors quand vous me demandez de tout vous raconter sur papa et tonton Fulgence, depuis combien de temps ça a commencé, et bah, c'est ça qui m'embête, c'est que pour raconter, je vais devoir expliquer et je sais pas si j'en ai envie. C'est toujours à nous de nous expliquer. Si je parle de *pondu*, de *macayabu* et que j'explique pas, ça va ? Si j'emploie des mots en lingala parce que ça vient comme ça...

2

Tout le monde pense que c'est trop cool d'avoir un truc important en double, du style deux paires d'Air Max ou deux paires d'Air Jordan, pour se la raconter dans la cour de récré, deux consoles de jeux ou deux copines en même temps, comme le grand frère de Youssef, ou deux femmes comme le papa à Idrissa, mais en vrai c'est pas qu'une question d'importance, en double c'est souvent mieux. Deux manettes plutôt qu'une, parce que vous êtes pas obligés de jouer à tour de rôle avec les copains et c'est pour ça que les fabricants de console, ils vendent leur machine avec une seule manette parce qu'ils savent qu'à un moment tu seras tellement saoulé de jouer tout seul que tu vas en acheter une deuxième... C'est mieux deux pains au chocolat au lieu d'un, au goûter, ou deux glaces par exemple, une au chocolat et une autre à la vanille sans devoir choisir, deux c'est mieux qu'un, okay, mais avoir deux papas, moi c'est pas quelque chose que j'aurais demandé au bon Dieu si je devais demander un truc en double. Parce que c'est pas comme tout le monde d'avoir deux papas et moi, j'aime pas quand c'est pas normal, parce que tout le temps ça demande des explications, après faut que tu rentres dans les détails et tout le tralala pour que les gens, ils fassent semblant de te comprendre alors qu'en vrai, on comprend vraiment les choses que quand on les a vécues. Par exemple, moi, j'saurai jamais ce que ça fait à Idrissa et à Aminata quand ils vont à l'école et qu'on leur demande s'ils sont de la même famille, qu'ils disent oui et puis qu'à la remise des bulletins, il y a deux mamans qui raboulent et un seul papa. Moi, j'avoue, j'aurais trop honte. Des fois même, j'ai honte pour Idrissa parce que ça se voit que les profs, ils trouvent pas ça normal, ce vieux Noir qu'arrive avec des femmes qui pourraient être ses filles et à qui il fait des enfants qu'ont le même âge. À croire qu'il les conçoit dans des parties à trois. Je vois que ça vous choque un gamin de quatorze ans qui parle de partie à trois mais je connais internet, moi aussi. Le père à Idrissa, c'est genre, l'an 2002, quelle année faste, j'ai eu deux enfants avec deux femmes différentes. Mais bon... Idrissa, c'est mon pote, donc au collège, si quelqu'un dit un truc de travers et manque de respect, on le défonce, c'est tout. Au départ moi aussi j'avais qu'un papa, comme tout le monde. J'étais normal pour ainsi dire. Mais on était pauvres et ça, c'était le problème. On était à Kinshasa et maman est morte en donnant naissance à mon petit frère. Je me souviens pas bien de lui puisqu'il est mort deux ans après maman, j'étais encore tout petit. Je sais seulement qu'il était d'un noir très foncé et que l'arrière de son crâne était plat comme un écran plat et qu'il pleurait beaucoup et qu'il s'appelait Désiré. C'était mon petit frère et aujourd'hui encore, quand on me demande si j'ai un frère, je dis toujours oui puis je me rends compte que pour les gens, s'il est mort, ça compte pas, mais pour moi, Désiré, il est aussi présent que n'importe qui sur cette planète de merde. Déjà, je préviens, j'ai le droit de dire ce que je veux sur la planète, parce que j'ai assez vu et vécu de trucs compliqués dessus, donc la planète, elle peut pas m'en vouloir si je l'insulte, elle sait que je ne fais que lui rendre la monnaie de sa pièce et peut-être qu'un jour, quand je rentrerai à Kinshasa, que je roulerai en Mercedes et que je pourrai payer des bières à tous mes tontons et à toutes mes tantines, et des sodas pour les cousins et les cousines, avec de la *chikwanga* et de la viande de chèvre succulente sur laquelle chacun pourra mettre du piment à sa convenance, peut-être qu'alors, la planète et moi, on pourra faire la paix, et peut-être que j'arrêterai de dire que c'est une planète de merde même si je sais bien qu'elle le sera devenue pour quelqu'un d'autre, ailleurs, mais moi j'aurai passé mon tour et je ferai comme les gens qu'ont plein de pognon, je ferai comme si c'est pas mon problème parce que après tout, c'est comme ça que ça marche.

Après la mort de maman et de Désiré, on a vécu tous les deux avec papa pendant un an, et puis il s'est remarié mais la fille qu'il avait épousée, elle était pas sérieuse. C'était une aventurière et elle racontait des craques pas croyables. Elle tapait des mythos genre je vais passer deux jours chez ma mère ou chez ma grande sœur et après, papa apprenait qu'on l'avait vue en boîte, boire, danser et rigoler avec des Blancs qui bossaient pour des ONG et d'autres filles de la nuit, alors il l'a répudiée. C'est ce qu'il lui a dit en la chassant de la maison dans notre quartier de Massina : « Je te répudie, *ndumba*! »

C'était un matin, elle revenait soi-disant de chez sa sœur mais papa était passé là-bas après son travail. Et sa sœur avait pas l'air trop au courant puisqu'elle a demandé à papa qu'elle lui passe le bonjour. Quand il l'a confondue, elle s'est mise à pleurer et tous les voisins du quartier se sont rameutés pour apprécier le spectacle. Mais en fin de compte, ça lui a plutôt bien réussi d'être répudiée parce qu'elle a fini par se marier avec un Suisse qui travaillait pour une ONG, c'est ce que papa a fini par apprendre et je crois que ça lui a vraiment mis un coup au moral de voir qu'en fin de compte, ça se résumait à une question de moyens, et lui avec son salaire de directeur d'école payé en francs congolais, il faisait pas le poids avec un expatrié, blanc de surcroît, qui touchait des francs suisses, et c'est vrai aussi qu'elle était jolie, Anuarité, la peau claire, les seins et les fesses comme il faut, je crois que papa ne l'a chassée que parce qu'il avait trop honte et que dans sa famille, une femme infidèle, c'est intolérable. C'est tonton Fulgence qui m'a expliqué : il y a des femmes du Congo, c'est pas la peine. Dans les tribus dont elles viennent, tromper son mari, ou plutôt avoir plusieurs maris, c'est presque normal. Elles ont vu leurs mères faire ça. Ce sont des matriarcats. Alors que chez nous, les Balubas, les hommes se font un honneur d'avoir plusieurs femmes alors que l'éducation des filles en fait des « victimes consentantes », comme dirait Béatrice. Elle a dit ça, un soir, alors que tonton Fulgence se plaignait que les Européennes, elles couchaient sur un coup de tête avec n'importe qui. « Il suffit qu'elles aient bu, elles font ça avec le premier venu. » Ensuite, il a enchaîné en buvant sa deuxième bière d'affilée : « C'est plus dur de les garder à la maison que de coucher avec elles. Tout le monde peut les avoir alors que les femmes de chez moi, dans l'éducation que ma mère a reçue, pour les avoir, il faut montrer patte blanche, faire ses preuves et donner la dot mais par contre, après, tu peux faire tout ce que tu veux, ta femme, personne peut la toucher parce que pour elle, ce serait un déshonneur d'aller avec quelqu'un d'autre. » Béatrice avait rigolé : « C'est une femme que tu veux ou bien une chèvre accrochée à son piquet ? » Même que ça l'avait grave énervé tonton Fulgence : « C'est de ma mère que tu parles ? » J'étais dans la cuisine, c'était pendant le journal télévisé et du coup, il a continué sur la supériorité morale des femmes de sa tribu, comme quoi au Congo, personne n'aimait les Lubas mais que les hommes des autres ethnies quand ils avaient une femme luba, c'était comme s'ils avaient réussi dans la vie alors qu'en France, on avait vraiment réussi si on avait une femme mannequin comme les footballeurs ou Nicolas Sarkozy.

Bref, moi j'avais cinq ans à ce moment-là – quand papa, il a chassé Anuarité – mais tout ça je l'avais remisé dans un coin bien caché de mon cerveau. Les rues de Kinshasa, la poussière et la chaleur, ainsi que les sachets qui volent au vent, tout ça était bien loin quand mon vrai papa, alias mon oncle, est reparu.

On était dans le salon, tous les trois assis autour de la petite table basse, devant le journal de vingt heures de TF1. C'était le dessert et je crois qu'il n'y a aucun moment où t'es plus loin des rues d'une capitale africaine que quand tu croques dans un Magnum à la vanille et ce même si tu te trouves dans une ville européenne de seconde zone comme Bondy.

On savourait notre dessert, en se regardant du coin de l'œil, avec tonton Fulgence. On savait très bien ce que signifiait ce regard. On était juste deux blédards qui sans rien dire faisaient référence à un autre espace-temps où ils n'auraient jamais mangé une glace aussi bonne. On savait tous les deux que ce petit plaisir n'était pas indispensable à la vie mais on n'avait aucune gêne à le prendre comme un bonus.

Béatrice se posait pas de questions non plus. Elle avait mangé sa glace en moins de deux, posé le bâtonnet sur la table basse. Elle était pépère, les pieds sur le canapé. Je la revois parfaitement en train de s'étirer le haut du corps. Faisant ça, elle a légèrement découvert son ventre bedonnant et quand elle a vu que j'avais vu, elle a rougi, puis a tiré sur son T-shirt pour cacher les bourrelets de son bide et c'est là que l'interphone a retenti.

On s'est regardés tous les trois et c'était à celui qui serait le plus surpris. Personne ne venait nous rendre visite sans prévenir, depuis que Béatrice avait fait une crise à tonton Fulgence parce que ses amis africains passaient le voir comme ils voulaient. Elle les avait convoqués ou plutôt, elle avait dit à tonton Fulgence de les inviter mais une fois qu'ils étaient tous assis dans le salon à boire des bières et sur le point de changer d'avis sur le sens de l'hospitalité des femmes blanches, elle leur avait fait une longue leçon afin qu'ils comprennent qu'en Europe, on ne pouvait pas se permettre de déranger les gens sans avoir été invité au préalable, tout du moins sans les avoir prévenus. Est-ce vraiment la peine de préciser que plus aucun ami de tonton Fulgence n'est venu nous voir ? Ils s'arrêtaient en bas, faisaient sonner son portable. Tonton Fulgence s'expliquait avec Béatrice avant de descendre.

C'est moi qui suis allé à l'interphone.

— C'est qui, j'ai demandé.

Et là, j'ai eu l'impression d'entendre un fantôme. C'était la voix de mon père que je n'avais pas entendu depuis plus de sept ans et dont on était sans nouvelles depuis un peu plus de deux ans. Mais j'ai commencé à paniquer en pensant que Béatrice ignorait complètement que tonton Fulgence était pas mon vrai père et j'ai couru dans le salon où je me mis à baragouiner quelques mots en lingala pour lui faire comprendre que mon père, qu'on croyait mort au Maghreb, était en bas de chez nous. Béatrice a tout de suite crié alors que tonton Fulgence se levait avec un mélange de frayeur et de stupeur dans le regard :

— Qu'est-ce qu'il y a, Fulgence ? Pourquoi tu lui as parlé en lingala, toi ? C'est qui ? Encore cet alcoolique de Benito qui vient te chercher pour que vous vous saouliez ?

— Reste avec ta mère, m'a dit mon oncle.

Et nous avons entendu la porte claquer puis nous avons perdu le bruit de son pas dans l'escalier.

Ils sont remontés ensemble vingt minutes plus tard et j'ai vu mon père, amaigri mais vêtu plus que correctement avec une fausse chemise Versace, un jean et des baskets montantes Adidas. Ses cheveux étaient coupés proprement et très court avec deux raies sur le côté gauche. Il avait bien dix ou quinze kilos de moins que la dernière fois que je l'avais vu quand il m'avait accompagné à l'aéroport de Kinshasa pour mon vol vers Paris, en fait Roissy, mais ça, je pouvais pas le savoir et ça n'a pas d'importance. Je me suis levé et suis resté sur place au lieu d'avancer vers lui. Tonton Fulgence tenait l'unique bagage de papa, un gros sac Tati, rempli à craquer. Il l'a déposé dans l'entrée, et il a fait les présentations :

— Béatrice, je te présente mon grand frère Daniel.

Et comme il n'y avait aucune réaction de notre part, il a repris :

— C'est mon frère propre, même père même mère. Entre lui et moi, il n'y a que notre sœur Antoinette qui vit avec son mari chirurgien au Cap, en Afrique du Sud.

Papa s'est avancé vers Béatrice, qui s'est levée, et ils se sont embrassés. Puis il s'est penché vers moi et m'a serré dans ses bras mais je ne sentais rien. C'était comme s'il y avait autant de couches de non-dits et de malentendus entre nous que le nombre de jours où l'on ne s'était pas vus, sans compter avec cela le nombre de jours où j'avais cru qu'il était mort, ni toutes ces larmes que j'avais versées à rester sans nouvelles de lui et ce deuil que j'avais fait, peu à peu, alors il me serrait fort mais de mon côté, il n'y avait aucun sentiment. Heureusement tonton Fulgence m'a demandé de servir à boire à tonton Daniel, j'ai dit oui papa, puis il a pris Béatrice par la main et ils sont allés discuter dans leur chambre.

J'ai ramené à boire une Heineken et de l'eau avec un verre pour papa, comme ça il avait le choix, puis je me suis installé devant la télé et j'ai mis le catch. J'savais pas quoi lui dire. Il a décapsulé la bouteille de bière, s'est servi et a bu une longue gorgée puis s'est passé les mains sur son jean au niveau de ses cuisses et s'est tourné vers moi.

— C'est tout l'effet que ça te fait de voir ton père ?

Je l'ai regardé et j'ai levé les épaules. Je ne voyais pas quoi dire.

— Qu'est-ce qu'il y a, il a repris. T'es pas content de me voir ?

— Si...

— T'as rien d'autre à me dire ?

— Non, pas pour l'instant.

Et là, il a posé sa main sur ma tête puis m'a ramené vers lui. J'avais la tête qui passait entre son biceps et son avant-bras et il a déposé un baiser sur le haut de mon crâne.

— Pardonne-moi fiston. J'espère que tu me pardonneras. Je n'ai jamais voulu t'abandonner...

Et là, c'était plus fort que moi, j'ai commencé à pleurer. Je ne savais pas dix secondes avant que j'avais autant de larmes en moi, ni de motifs pour pleurer, mais bon, je pleurais.

— Pourquoi t'as plus donné de nouvelles ? Ça fait deux ans qu'on est sans nouvelles... depuis que t'as quitté Bamako pour aller en Algérie... On a cru...

— Allez fiston, arrête de pleurer... je suis là maintenant et ce que j'ai vécu pour arriver là, je te le raconterai... quand tu seras un peu plus grand.

Au même moment, Béatrice et tonton Fulgence sont revenus.

— Oh mais qu'est-ce qui lui arrive à mon Bobo ?

C'est comme ça que Béatrice me surnomme.

— C'est rien, a dit tonton Fulgence. Je crois qu'il est juste un peu ému de retrouver son tonton Daniel. Tu sais quand je suis arrivé en Europe, il m'a fallu deux ans pour faire venir Boris et durant ce temps, il a vécu chez Daniel. C'est normal qu'il soit content de le revoir... surtout qu'on est restés sans nouvelles depuis quelque temps.

Béatrice est venue s'asseoir à côté de moi. Elle a pris un mouchoir et elle s'est mise à essuyer mes larmes. Elle m'a donné un autre mouchoir pour que je nettoie la morve de mon nez et pendant que je faisais ça, elle en a profité pour changer de chaîne et remettre TF1 où il y avait son feuilleton de l'été dans un camping. Tonton Fulgence s'est assis dans un fauteuil à côté de son frère.

— Bon... tu peux rester avec nous autant de temps qu'il te faudra pour voler de tes propres ailes.

Béatrice a détourné son regard pour fixer tonton Fulgence.

— Tu pourras dormir dans le salon, ou dans la chambre de Boris. Il y a un matelas qu'on pourra mettre par terre si ça te va.

Papa lui a répondu en lingala que ça ne lui posait pas de problème. Béatrice a encore regardé tonton Fulgence.

— Mon frère, ma femme ici est un peu paranoïaque, elle croit que si on parle lingala, ce n'est pas par confort ou par plaisir de parler notre langue mais c'est qu'on essaie de lui cacher des choses...

— N'importe quoi, a dit Béatrice en rougissant, z'avez qu'à parler votre langue de sauvages, moi, je vais me coucher.

Elle m'a fait un bisou sur le front puis elle a déposé ses lèvres sur celles de tonton Fulgence. Elle a fait un signe de la main à mon père et nous a laissés. Comme papa avait faim, tonton Fulgence est allé dans la cuisine où il lui a préparé du foufou avec de la semoule, avec deux steaks hachés surgelés qu'il a cuits plus qu'à point, et il a réchauffé un reste de pondu qu'il avait lui-même préparé et comme il avait un peu honte de se décarcasser ainsi aux fourneaux, il a dit à papa :

— C'est comme ça l'Europe. Même les hommes font la cuisine. De toute façon, si je veux manger des trucs du pays, je suis bien obligé de les faire moi-même. Parce qu'avec Béatrice, c'est souvent vegan, parfois pizza, plein de légumes dont je ne retiens pas les noms, les œufs et les pâtes. Qu'est-ce que je déteste ces putains de pâtes, je crois que je suis décidément anti-pâtique !

Et il s'est mis à rigoler alors que cette blague, il l'a fait à chaque fois qu'on lui propose des spaghettis.

*

Finalement papa a dormi sur un matelas au pied de mon lit. On a dû déplacer un peu mon bureau mais de toute façon on avait pris le matelas sur un lit de camp qui était dans la cave, donc c'est pas comme s'il prenait trop de place. Il s'est endormi tout de suite. Il respirait fort et j'ai eu du mal à m'endormir. Dans la nuit, je me suis réveillé. J'avais envie de faire pipi. Et là, je l'ai entendu parler : « Izahora, il disait, je t'attends Izahora... »

Et puis il a ri. Qui pouvait bien être cette Izahora ? J'ai tout de suite pensé à une femme. J'imaginais une très jolie femme. Puis je me suis rendormi.

3

Parfois la vie vous met des coups d'accélérateur et on n'a pas vraiment le choix, faut suivre sinon tu t'essouffles et t'es hors jeu – dans tous les sens du terme. Bref, le lendemain de l'arrivée de papa, les choses se sont grave accélérées. Je veux dire toutes ces choses qui m'amènent à parler devant vous. La prof d'arts plastiques et la prof de français avaient organisé une sortie au musée d'Orsay et c'est là qu'on a rencontré Vanessa et Hortense, deux filles qu'on n'aurait jamais dû rencontrer parce qu'elles boxent pas dans la même catégorie que nous. Tout de suite, vous vous imaginez que c'est parce que elles, ce serait trop des bombes, et que nous, on serait trop vilains, mais c'est pas sur le plan physique que ça se joue. Je m'explique. Ces filles c'est des bourgeoises comme t'en trouves qu'en haut du panier et nous, bon... on n'est ni en haut du panier, ni au milieu, plutôt au fond, donc même beaux gosses comme mon pote et moi, on est hors jeu en vrai.

On en croise que rarement des filles comme Hortense et Vanessa et si nos chemins se rencontrent, normalement elles changent de trottoir direct et font semblant de ne pas nous voir... Rien que leur style... On n'en voit pas des comme ça à Bondy... Mais je vais trop vite.

Ce matin-là je me suis levé et j'ai fait gaffe à ne pas

réveiller papa en commençant déjà par ne pas lui marcher dessus. J'ai pris mes habits et me suis habillé dans la salle de bains. Mais j'avais oublié ma trousse sur mon bureau et j'ai quand même dû y retourner et là j'ai vu qu'il avait quitté son matelas pour aller se blottir dans mon lit. Dehors, c'était déjà le mois d'octobre, il faisait super froid ce jour-là, mais Idrissa, pour se la jouer, il était en T-shirt alors il aurait pas dû s'étonner de se les geler comme c'est pas permis mais les gens n'acceptent pas toujours les conséquences de leurs actions, alors il se plaignait pas mal. Sur le quai de la gare de Bondy, le vent était glacial en plus, donc à l'insu des profs, on est redescendus dans le couloir qui mène sur les quais pour se mettre à l'abri mais du coup on a failli louper le RER. Quand le train est arrivé, on a surgi comme des fous et on a dû bousculer les travailleurs qui se précipitaient pour entrer dans le wagon alors que tous les autres élèves étaient déjà rentrés. Les profs ont pété les plombs : elles s'étaient déjà vues en train d'expliquer au principal qu'elles avaient perdu deux élèves. Après ça, elles nous ont surveillés comme le lait sur le feu durant tout le trajet, tu parles d'une galère !

Dès notre arrivée dans les vestiaires du musée on a remarqué une autre classe. Ça se voyait que c'était pas les mêmes que nous autres. Genre chez nous, t'as trois toubabs dans la classe, et c'est des Serbes ou des Roumains, alors qu'eux, c'étaient que des descendants des Arvernes ou de l'homme de Cro-Magnon mais avec des têtes de fayots, et puis les mecs, à part un ou deux qui baissaient pas les yeux quand on les testait, ils étaient tous du genre à se faire taxer leurs baskets ou leur pain au chocolat. Bref y avait pas trop de basanés chez eux alors que dans notre classe, même si la prof de français n'arrêtait pas de nous répéter qu'on était tous français aussi bien que les collégiens du centre de Paris, nous, on savait bien que Sheyma, Adil, Amine, Boudir supporteraient plus l'Algérie que l'équipe de France en cas de France-Algérie. Bref y a la terre entière chez nous. Pakis, Reubeus, Renois des Antilles, Renois d'Afrique, la terre entière. Dans cette autre classe on a vite repéré les filles, elles étaient pas en jogging comme chez nous, mais habillées comme à la télé. Il y en avait surtout deux qui traînaient en retrait et qui faisaient des stories sur Snapchat ou Instagram au lieu de mettre leur manteau dans le grand panier métallique, à roulettes, attribué à leur classe. L'une des deux était une petite Renoi à la peau claire (ou une métisse ?) et l'autre, une brune aux yeux verts... Je peux pas mentir : elles avaient du style. Idrissa et moi, on avait été les premiers de notre classe à déposer nos « effets personnels » dans le panier qu'une des dames du musée nous avait apporté. On jouait à se battre et on en profitait pour bousculer les gars de cette autre classe parce que leurs profs comme les nôtres étaient en train de vérifier que tous les élèves déposaient bien leurs affaires. À un moment, y en a un qu'a voulu faire le bonhomme :

— Ça va ! il a dit en poussant Idrissa d'un coup d'épaule.

Alors on a commencé à lui mettre la pression tranquille dans un coin... à le chahuter bien bien mais une des deux filles est venue le défendre et comme on la trouvait mignonne... bah ça nous a adoucis.

— Vous vous êtes pas attaqués au bon, les gars. Y a plein de connards dans cette classe mais lui, il est cool, a dit la brune aux yeux verts.

En même temps sa pote métisse a pris le gars par la main pour le tirer d'embûche. On les a regardées avec l'air ahuri. Déjà qu'elles osent venir nous parler, ça nous surprenait et en plus, elles sous-entendaient que les mecs dans leur classe étaient des peigne-culs. Je savais plus trop quel coup jouer. Heureusement qu'Idrissa, lui, il perd jamais le nord.

— Alors lequel on peut défoncer, dis-nous, si on peut te rendre service en même temps...

Elles se sont mises à rigoler. C'est là que leur groupe a commencé à partir. J'ai eu comme un pincement au cœur en les regardant s'éloigner et puis notre intervenante est arrivée : une dame un peu forte, plus âgée que nos profs, et qui a commencé à nous parler des peintres impressionnistes. Elle m'a fait un peu pitié parce que c'était clair qu'au début, elle voulait bien faire, puis peu à peu quand elle a vu qu'on écoutait pas et que nos profs devaient tout le temps faire la police et nous reprendre, la déception a fini par se lire sur son visage et à partir de ce moment quand on l'écoutait pas, elle s'arrêtait et regardait nos profs qui étaient tout aussi gênées avec l'air de leur dire : « Faites quelque chose ! » C'était marrant quand même !

Alors qu'on la suivait tant bien que mal au milieu de la foule de touristes, on a croisé la classe des geois-bour et j'ai pris Idrissa par la main. Je me suis dirigé droit vers les deux filles de tout à l'heure.

— C'est quoi ton snap ? j'ai demandé à la brune.

— Votre classe s'en va, a dit sa pote.

— C'est pour ça qu'il faut pas que tu nous fasses perdre notre temps. C'est quoi ton snap ?

Du coin de l'œil, j'ai vu qu'Idrissa s'était approché de la copine qu'il commençait à négocier.

— Mais tu vas en faire quoi de mon snap ?

— Je vais venir t'agresser dans tes stories.

Elle a fait une tête bizarre, genre pas contente.

— Je rigole. C'est juste pour garder le contact. Tu m'as l'air cool comme nana. Je veux garder le contact...

— Non. Donne-moi ton numéro. Si j'ai envie, je t'appelle...

J'ai dû faire une tête de pauvre gars parce qu'elle a souri gentiment. Elle ne se sentait plus menacée. Je lui ai filé mon numéro et j'allais m'en aller quand elle m'a tapé sur l'épaule.

— Tu ne m'as pas dit ton prénom. Moi c'est Hortense.

— Ah. Moi c'est Boris.

On s'est quittés sur un sourire. Trente mètres plus loin, la prof de français a slalomé dans la foule vers nous, les yeux remplis de colère :

— Vraiment, c'est pas possible !!! Vous ne savez vraiment pas vous tenir. Pire que des bébés, faudrait vous tenir en laisse. Vous n'en avez pas marre de nous foutre la honte ? On travaille en classe, ça ne va pas. On vous fait sortir, ça ne va pas mais qu'est-ce qui peut bien vous intéresser à part le centre commercial ?

Idrissa et moi, on s'est mis à rigoler.

De retour à Bondy, ceux qui avaient rempli les formalités

nécessaires pouvaient rentrer chez eux sans repasser par le collège. On s'est quand même excusés auprès des profs pour le souci qu'on leur avait causé. J'allais rentrer chez moi mais Idrissa m'a demandé de l'accompagner au Monoprix du centre-ville où sa mère l'avait commissionné pour des couches. On s'est dit qu'avec la monnaie, on allait s'acheter un paquet de gâteaux. Dans le rayon des biscuits, on a croisé papa mais j'ai pu reculer à temps et il ne m'a pas vu. J'ai continué à reculer doucement.

— C'est là, les gâteaux, a dit Idrissa.

J'étais déjà en retrait.

— Té-ma le blédard qu'est là, il a dit en rigolant.

C'est de mon père qu'il parlait. Papa était sorti en djellaba, parka et claquette. Il n'avait pas mis de crème sur ses pieds. J'ai tiré Idrissa par le bras et lui ai fait signe de se taire. J'avais honte d'avoir honte de mon père. On a attendu qu'il sorte du magasin avant d'aller à la caisse. J'ai ensuite accompagné Idrissa chez lui à Bondy Nord et sur le chemin, je lui ai tout raconté. L'arrivée de papa et comment tonton Fulgence n'était pas mon père mais mon oncle même si sur les papiers, c'est lui qu'était déclaré comme mon daron.

Il s'est senti honteux.

— Tu sais, tout à l'heure, je rigolais, il a dit en me regardant dans les yeux. Il fait pas si blédard que ça ton vieux. Et s'il a vécu au Maroc ou en Tunisie, pour lui c'est normal de mettre une djellaba. T'inquiète mon pote, je comprends. T'as deux papas, moi mon vieux a bien deux femmes! T'inquiète. C'est les Africains, c'est comme ça. On fait jamais rien comme tout le monde.

4

Le week-end qui venait, Béatrice était invitée chez sa sœur qui organisait une *baby shower*. Y a vraiment que les meufs pour trouver cool de parler grossesse et bébé toute une soirée. Pardon. Je donne mon avis alors que vous voulez des faits. Bref. Elle est partie. Tonton Fulgence l'a déposée à la gare. Dès qu'il a vu la voiture démarrer, caché derrière les rideaux de la fenêtre du salon, papa a exprimé son désir d'aller voir la tour Eiffel.

— Je suis souvent critique de la France et de sa politique africaine, mais il y a des choses que j'admire dans ce pays. La tour Eiffel est une image que j'aimerais déconstruire.

J'ai rien compris à ce qu'il venait de dire mais ça faisait un bail que j'étais pas allé par là-bas et je trouvais que c'était une bonne idée. Et comme je lui disais que ça m'allait, j'ai reçu un snap d'Hortense. Plus précisément, elle avait envoyé un gif à toutes ses connaissances. Une petite vidéo en boucle où elle secouait sa longue chevelure brune devenue rousse, vidéo qu'elle concluait par un *duckface* appuyé qui portait l'attention sur son rouge à lèvres, très raccord avec sa nouvelle couleur de cheveux.

Quand tonton Fulgence est revenu, lui aussi à trouver que c'était une bonne idée d'aller voir la tour Eiffel mais il a tout de suite précisé :

— On mange bien avant de partir. Ça sert à rien d'aller là-bas pour avoir faim. Tout coûte extrêmement cher dans ce coin-là.

Alors tonton Fulgence et moi, on a commencé à préparer un petit déjeuner de rêve. À vivre avec Béatrice, on mangeait plus souvent comme une femme blanche que comme des Africains. Je veux simplement dire que si Béatrice avait été d'origine africaine, elle aurait acheté plus de produits africains et on aurait mangé plus de plats traditionnels. Le bon point, c'est qu'elle aimait faire le marché et grâce à elle, on découvrait tout le temps de nouveaux produits. Courge butternut. Radis. Panais. Dernièrement, elle avait commencé à acheter des pleurotes, un champignon succulent. On a donc décidé tonton Fulgence et moi de se faire une omelette aux pleurotes, de prendre un morceau de jambon blanc de chez le boucher, une bonne baguette tradition, un bon bol de lait au chocolat, un gros verre de jus d'orange et un morceau de quatre-quarts. Papa a validé la proposition mais il était tout content d'avoir acheté des boîtes de sardines. Il voulait qu'on mette de la sardine dans l'omelette et ça m'a renvoyé directement à Kinshasa parce que c'était le dernier endroit où j'avais mangé des œufs comme ça. Les Congolais aiment mettre de la sardine en boîte dans les œufs. La recette, c'est à peu près ça : vous cassez vos œufs dans un récipient, vous salez et poivrez, vous pouvez même mettre des oignons, puis vous ouvrez votre boîte de sardines à l'huile, vous prenez les sardines et vous jetez l'huile bien sûr, et vous battez vos œufs dans lesquels les bouts de sardines se décomposent et se reforment. Elles donneront à votre omelette un surplus de goût et de protéine. Bah c'est très bien passé avec les pleurotes.

*

Il y a un Américain à Paris, je crois. Nous, nous étions avec un blédard à Paris. Sa première fois dans la capitale. La ville tant chantée par les artistes de rumba. *Panama* en lingala argotique. *Na za na* Paris. Il fallait vraiment voir la manière qu'il avait de tout regarder. On aurait dit un aveugle à qui une opération magique venait de rendre la vue. Dans le RER, il observait le travail des ingénieurs et des techniciens qui avaient fabriqué ça, avant de leur donner son approbation : « Vraiment du beau travail, hum ! C'est ça, la sorcellerie des Blancs : la science ! »

Ce jour-là, il avait déjà critiqué à plusieurs reprises les manières, les codes, les vues des Européens et il n'arrêtait pas de faire des différences. Ça avait commencé avec le difficile choix entre la sardine dans les œufs ou plutôt faire une omelette avec du jambon à côté. Tonton Fulgence avait envie d'œufs brouillés avec du jambon. Papa ne comprenait pas pourquoi son frère ne pouvait pas avoir les œufs à la sardine et le jambon. Tonton Fulgence lui a bien dit que ça se faisait pas mais Papa lui a dit qu'on pouvait faire ce qu'on voulait, ensuite tonton Fulgence a dit que ce n'était pas intéressant d'avoir deux goûts aussi différents dans la bouche, jambon et sardine, on n'avait jamais vu nulle part un tel mélange se faire mais papa lui a alors répondu qu'il était devenu un Blanc pour parler comme ça. Après ça, tonton Fulgence s'est tu et a remis le jambon au frigo.

Quand il nous a vus, à la fin du petit déjeuner, manger du pain et du fromage, il a encore remis ça :

— Vous êtes vraiment des Blancs ! Le pain, c'est le foufou des Blancs. Et la manière dont vous mangez ça avec votre fromage qui sent mauvais là !

Et il s'est mis à rigoler comme si c'était une vraie blague, en me tapant dans le dos.

— Mon petit Blanc, m'a-t-il dit, avant de poser un baiser sur ma tête.

— Faut arrêter avec cette histoire d'appeler les gens blancs comme ça, a dit tonton Fulgence, en beurrant une tartine qu'il venait de sortir du toaster. Où est-ce que tu as vu un Blanc ici ? Et puis si tu ne veux pas vivre avec les *mindele*, il ne fallait pas venir en France.

— Maintenant mon frère parle même le lingala avec l'accent ivoirien, a rétorqué papa.

Et c'est vrai que tonton Fulgence prenait l'accent ivoirien quand il voulait montrer qu'il n'était pas content et qu'on abusait de sa gentillesse. Il le faisait tout le temps. Je crois que c'est à cause de Gohou, le comédien ivoirien. Tout le monde l'imite dans le quartier.

— Donc maintenant je suis un Blanc avec l'accent ivoirien. Mais alors pourquoi as-tu tellement voulu venir chez les Blancs si tu ne les aimes pas ?

— Fulgence, faut pas déconner.

Papa haussait le ton.

— Tu ne me parles pas comme ça. Ou bien c'est encore

l'Europe là qui vous monte à la tête ? Qui vous acculture ? Quel est l'exemple que tu vas montrer à Boris ? Nous sommes qui nous sommes. Chez nous la parole des aînés ça se respecte. Tu crois que moi c'est votre fromage français qui m'intéresse ? Que je suis venu au monde pour ça ? Même pas. La France c'est déjà fini pour les aventuriers. Tout le monde sait ça. Même les Français blancs de peau galèrent alors c'est pas vous autres avec la tête noire que vous avez qui allez faire quoi que ce soit ici. C'est pas pour les hommes noirs ambitieux ici. Moi je veux aller en Amérique du Nord : Canada ou États-Unis. Là-bas un homme noir peut réussir.

Il s'est arrêté pour scruter notre regard puis il a repris :

— Tu te rappelles mon ami Tshilumba ? Il était ici à Paris. Il a fait dix ans en France : pas de travail, il est obligé de faire des heures de ménage avec un diplôme d'ingénieur en informatique en poche. Les Blancs le regardent de haut. En cinq ans au Canada, il s'est marié et a déjà acheté trois terrains au pays. Il a même commencé à construire un hôtel.

Et là il m'a pris à partie.

— Boris, tu préférerais vivre aux États-Unis, au Canada ou en France ?

Je gardais les yeux dans mon bol de chocolat au lait. Je n'y avais jamais pensé.

— Que ça te plaise ou pas, a repris tonton Fulgence, le petit a une famille ici, en France, et il se sent bien dans sa famille.

— Toujours est-il que c'est mon fils, a dit papa. Si tu en

veux un, tu n'as qu'à en faire. Tu es marié, non ? Pourquoi vous n'en faites pas ?

Et là ils ont commencé à crier et à parler en tshiluba. En République démocratique du Congo, il y a plusieurs langues régionales. Jusque-là, papa et Fulgence avaient parlé lingala, la langue de la capitale qu'ils avaient tous deux apprise en arrivant à Kinshasa, mais pour s'engueuler, dans notre cuisine à Bondy, ils le faisaient dans la langue de notre ethnie que, contrairement au lingala, je n'avais aucune chance de comprendre. Alors je me suis levé et suis allé dans ma chambre attendre qu'ils règlent leurs comptes. Vers onze heures, papa est venu me dire qu'on partait. Alors dans le RER, nous étions chacun dans son coin, papa à un bout, à observer le train et les gens, tonton Fulgence, à l'autre, à regarder son journal sur les courses, et moi, seul au milieu à une place pour quatre, contre la fenêtre. Le soleil rouge donnait à la vue banale du trajet par la banlieue une intensité bizarre. C'était beau. J'ai pris en photo mon visage en reflet contre la vitre, sur fond de soleil rouge, avec mon téléphone portable. J'ai envoyé la photo à Hortense avec ce petit mot : « Soleil rouge / faut que ça bouge / soleil rouge / comme tes lèvres. »

Il y a eu une incivilité durant le reste du trajet : une dame s'est plainte qu'un gars mette de la musique avec le haut-parleur de son portable. Il a voulu insulter la dame et s'est arrêté quand papa s'est levé et l'a regardé avec un regard méchant. Quel blédard c'était le daron !

On est arrivés à la tour Eiffel et alors qu'on avait laissé papa derrière nous, parce qu'on était tellement surpris de voir comment le système de sécurité, par des grands murs en verre, avec obligation de passer par un poste de contrôle, avait modifié l'accès à la tour Eiffel, on se retourne et on le voit qui discute avec un des Noirs qui essayent de vendre des petites tours Eiffel aux touristes. Ils se serrent dans les bras, rigolent et semblent trop contents de se retrouver. Le mec a l'air beaucoup plus jeune que papa. Il a genre dans la vingtaine. Il porte une casquette PSG, une veste en cuir un peu fatigué. Son jean aussi est fatigué. Il a une paire de Stan Smith blanches assez neuves mais éclaboussées de boue. Sur l'herbe sont posés sur une couverture bariolée tous les petits objets qu'il vend. Des petites tours clignotantes attirent le regard. Quand papa nous voit, il a l'air très heureux de nous présenter quelqu'un qu'il connaît dans la grande ville :

— C'est incroyable... Laissez-moi vous présenter Oumar !

Oumar n'a pas vraiment la tête d'un Congolais. On dirait plus quelqu'un qui vient d'Afrique de l'Ouest. Un Mauritanien ou un Malien.

— Nous nous sommes connus à Bamako, continue papa, quand je cherchais le chemin de l'Europe. Là-bas, il m'a rendu de nombreux services. Je ne peux jamais oublier ça.

Papa a pris le numéro d'Oumar et lui a promis de l'appeler bientôt. Sur le chemin du retour tonton Fulgence a décidé de faire un détour par le supermarché où il a acheté la dose de bières, trois poulets, des bananes plantains, et du pondu chez le chinois (près de la gare), qu'il a mis directement à bouillir afin qu'il soit prêt à être préparé le lendemain. Nous étions tous les trois crevés et on s'est posés devant un match du championnat anglais. Je savais pas trop quoi faire. J'hésitais à renvoyer un nouveau message à Hortense. Je voulais pas faire le relou.

5

Le dimanche matin, après l'église, beaucoup d'amis de tonton Fulgence ainsi que le pasteur, tous membres éminents de la communauté congolaise de Bondy, sont venus à l'appartement pour faire connaissance avec le grand frère de Fulgence. Tonton s'était arrangé pour faire faire la cuisine à des filles de l'église et à peine elles étaient entrées dans la maison qu'elles se sont retrouvées à préparer les bananes plantains, du riz, des haricots, du pondu, ainsi que les poulets que tonton Fulgence avait achetés la veille. Les odeurs de cuisson arrivaient par vague dans le salon tandis que les tontons sifflaient des bières en écoutant de la vieille rumba, pour la plupart des morceaux de chanteurs morts dont je ne savais rien. Papa leur a raconté son voyage, en lingala, et c'est par morceaux que j'ai chopé des trucs. Si j'ai bien compris, il a quitté le Congo par bus. Il est passé par le Gabon. Puis le Cameroun. Après quoi il est allé au Mali où il est finalement resté trois ans en attente de visa alors qu'il donnait des cours au Lycée français où ses diplômes congolais avaient été reconnus après un test que lui avait fait passer le recruteur des contrats locaux de la sous-région. Cette partie-là, il l'a expliquée en français. Ensuite, il a parlé de l'Algérie et du racisme anti-Noirs là-bas, puis de la Tunisie où il est resté encore deux ans, à travailler comme professeur dans un village reculé avant de voyager avec le passeport qu'un Américain, noir, qui avait aussi la nationalité française lui a vendu. Le type se trouvait dans une situation difficile et a vendu à papa son passeport français pour deux mille cinq cents dollars au lieu des cinq mille que cela coûte normalement.

— Mais les nouveaux passeports, a dit le pasteur avec le regard méfiant, comme si quelque chose n'était pas clair dans ce que disait papa. Les nouveaux passeports nécessitent que tu mettes tes empreintes. Il y a reconnaissance digitale.

— Justement, a repris papa. Le type qui m'a vendu son passeport avait un vieux passeport français, les anciens, et il n'était pas rentré en France depuis des années. Il voyageait même plus souvent avec son passeport américain. Il y a des gens qui ont de la chance vraiment. Nous autres là, Africains avec nos passeports qui ne sont que la preuve de notre emprisonnement, on ne peut voyager qu'en Afrique alors que d'autres ont même parfois trois passeports avec lesquels tu peux voyager partout dans le monde. Quelle injustice !

Et puis il a relancé le débat entre la France et les États-Unis mais aucun des tontons qui étaient là n'était de son avis. Certains ont commencé à lui parler de l'absence de sécurité sociale aux États-Unis, d'autres de la manière dont les policiers tuent les Noirs gratuitement là-bas et le pasteur lui a dit que ce qu'il avait de mieux à faire, c'était de trouver quelqu'un qui lui prête ses papiers pour travailler, mettre un peu d'argent de côté, trouver une femme avec la nationalité et faire un enfant afin de voir sa situation régularisée.

— Mais j'ai déjà un enfant français, mon petit Boris est français, a-t-il dit en exultant, les yeux grands écarquillés. Je suis son père donc si mon fils est français, ils peuvent pas nous séparer...

Tous les tontons ont détourné le regard.

— Ça ne marche pas comme ça, a dit tonton Fulgence. Quand j'ai rencontré Béatrice, j'étais sans papiers. On s'est mariés, ainsi de suite, j'ai pu obtenir la carte de résident. J'ai déclaré Boris comme mon fils. C'est comme mon fils qu'il a eu le visa. C'est comme mon fils qu'il est venu. Par amour pour le petit, Béatrice l'a adopté de manière officielle, plénière, c'est pour ça que l'enfant est devenu français aussi vite. On ne peut pas aujourd'hui aller voir la préfecture pour dire que le gosse...

Il s'est arrêté comme si ce qu'il avait à dire était trop stupide et que ça l'embêtait. Comme si c'était tout simplement une évidence et que ça le désolait de devoir en revenir là. Son regard est resté dans le vague un instant puis il a repris :

— Je ne peux pas, aujourd'hui, me pointer à la préfecture et dire que le gosse que j'ai déclaré comme le mien n'est pas vraiment le mien. Ce serait du parjure. Nous savons tous que Boris est ton fils. Même mes amis ici connaissent cette histoire, a-t-il continué en prenant les autres à témoin, en tapant sur l'épaule de certains et en serrant la main du pasteur. Je leur ai toujours parlé de toi. Mais il est hors de question que le statut de Boris change.

Il faut que tu fasses comme papa pasteur a dit. Trouve-toi un travail, en attendant. On verra comment on peut te trouver une femme par la suite.

Le visage de Papa s'est renfermé. Il a baissé la tête un long moment. On sentait qu'il ne trouvait rien à redire mais que ça le chiffonnait quand même. Puis il a relevé la tête quand une nouvelle chanson a commencé, il s'est levé et s'est mis à danser dans le salon.

— Oh ! Plus fort ! Plus fort la musique !

Il avait porté ses mains sur sa tête.

— Quand cette chanson est sortie, j'étais encore lycéen à Lubumbashi. C'était le tube de l'époque. Tellement de souvenirs. Tellement de souvenirs.

Tonton Fulgence s'est levé pour danser avec lui.

À entendre le nom de cette capitale de province que je ne connaissais... que de nom, sans être capable de la situer sur une carte du Congo, je me suis dit que les parents étaient vraiment des êtres mystérieux qu'on croit seulement connaître. Je me suis dit aussi, que c'était assez bizarre de ne rien savoir du tout du lieu d'où tous mes ancêtres venaient. De ne pas même avoir une image en tête. Les Reubeus rentrent tout le temps et voient comment c'est chez eux. Moi je connaissais Kinshasa parce que j'y étais né mais je ne connaissais rien du Kasaï, la province où mon père et ma mère étaient nés, à deux mille kilomètres de la capitale. On ne retournait pas au Congo. Tout le monde voulait fuir le Congo. Alors pourquoi y retourner ? Et même si on rentrait, on serait rentrés à Kinshasa. C'est très difficile à faire comprendre. On est un peu dans la situation d'un Américain, d'origine française, qui à chaque fois qu'il rentre en France reste à Paris, où il a de la famille et tout, pas de souci, mais ce n'est pas là que sont ses racines. Même dans la famille d'Idrissa, il rentrait au Mali. Moi ça fait sept ans que je suis en France et je ne suis jamais rentré. Alors, des fois, j'ai l'impression qu'il y a comme un voile sur toute ma vie, là-bas. J'ai que des souvenirs vagues ou des souvenirs très précis mais anecdotiques, comme dirait notre prof de français. Que des souvenirs pas importants. Alors quand je les entends parler de l'Afrique, dans notre salon, une partie de moi lutte et se dit : je suis pas concerné. Comme je comprends un mot sur deux, c'est très facile de ne pas prêter l'oreille, de perdre le fil. Quand on me demande si je parle le lingala, je dis non. Mais quand je m'applique comme ce dimanche, parce que je suis curieux de ce qui est arrivé à papa, je me rends bien compte qu'en restant concentré, je comprends l'idée générale, c'est le sens de certains mots qui me manquent.

Souvent j'oublie le Congo. Et c'est dans les moments où je suis le plus heureux. Je suis heureux aussi quand nous sommes entre nous comme ce dimanche. Parce que je sais qu'il n'y a pas besoin d'expliquer ce qu'est un Congolais de Kinshasa ou de Brazzaville, qui est Joseph Kabila, qui est Léopold II, les liens entre le Congo et la Belgique, ce que c'est que le pondu, qui est Koffi Olomidé, qui est Tabu Ley, ni besoin d'expliquer que les Africains sont aussi différents que les Européens peuvent l'être. Je me sens à la maison, compris, rassuré et protégé. Souvent je me sens un gars du 9.3. C'est parce que le 9.3. est en France que je me sens français. Et dans ce cas, je me pose pas de questions non plus. Mais par moments, comme ce dimanche, je me sens congolais et je me dis qu'une meuf comme Hortense, elle pourrait jamais comprendre ça. Alors ce dimanche, je pensais à tout ça : que mon père était un mystère et que le Congo l'était tout autant.

6

« Ça va M. le banlieusard ? » J'étais au lit, accroché à mon fil d'actualité sur Instagram. Papa dormait déjà quand j'ai reçu ce message d'Hortense. « Ça va M. le banlieusard ? » J'ai eu d'abord envie de l'insulter parce que « banlieusard », je savais que c'était pas un compliment, surtout venant de la bouche de quelqu'un du centre de Paris, mais j'ai pensé à ce qu'Idrissa aurait fait dans ce cas-là. Il se serait pas énervé mon pote. Bien au contraire. Il aurait essayé de jouer au plus malin.

« Ça va tranquille, j'ai répondu. On a juste brûlé deux voitures et séquestrer deux petits bourgeois de l'école privée. Un samedi au calme, tu vois. Et toi ? »

Elle m'a d'abord renvoyé deux émojis mort de rire.

« Comment tu joues les gangsters ! Moi ? Je suis allée chez la coiffeuse comme t'as vu. Ça m'a pris trois heures. Cette galère ! Mais j'adoooore le résultat !!! Et puis je suis allée à la Comédie-Française avec ma grand-mère et mon cousin Édouard.

— Tu vis avec ta grand-mère ?

— Bah non, pourquoi ?

— J'sais pas.

— Et toi, t'as fait quoi en vrai ?

— Je t'ai dit... brûlé deux voitures...

— Les plus courtes sont les meilleures !

— Comment ?

— Les blagues les plus courtes sont les meilleures...

— OK. J'ai un oncle qui vient d'arriver du bled alors avec mon père on l'a emmené visiter la tour Eiffel...

— Ah ouais...

— Ouais mon oncle, c'est un vrai touriste. Il était trop content de voir Paris. »

C'est là qu'elle m'a envoyé une photo de la tour Eiffel, illuminée et vue de pas si loin, par l'encadrement d'une fenêtre. « Ça veut dire que t'étais pas loin de chez moi », disait la légende de la photo.

Je me souviens que j'ai eu envie de couper court à la conversation. J'ai eu envie de la traiter de bourgeoise de merde. J'ai eu envie de la détester. Ça me mettait grave mal à l'aise de comprendre qu'on n'était pas du même monde.

« Quel dommage, j'ai dit. Tu aurais pu nous inviter à boire le thé.

— C'est cela, ouiii », elle a répondu avec des émojis mort de rire.

Mais en vrai ça ne m'amusait plus. J'ai mis mon téléphone sous mon oreiller. Trois minutes après je l'ai senti remuer.

« T'es encore là, demandait-elle.

— Oui oui je vais pas tarder à me coucher...

— Ah OK. Bonne nuit alors.

— Oui. Merci. Toi aussi. Et sinon, elle te va grave bien, ta nouvelle couleur.

— Je sais » (émoji mort de rire).

*

Je me suis réveillé en pleine nuit ; poussé hors du lit par une envie pressante de pisser. J'étais bien dans les vapes quand même. Je n'ai repris vraiment conscience que quand j'ai posé franchement mon pied sur le lit de papa et que je n'ai senti que l'affaissement du matelas.

Où était-il ?

J'ai marché sans faire de bruit ni allumer les lumières. J'étais habitué à m'infiltrer en douce dans le salon pour regarder les matches de basket américain sans réveiller Béatrice et tonton Fulgence, tard la nuit. La porte de la salle de séjour était entrouverte mais une lumière un peu vive et grise en sortait. J'ai passé mon visage dans l'entrebâillement et j'ai vu papa en marcel et caleçon, debout face à la fenêtre et parlant au téléphone. La lumière venait de l'abat-jour posé sur le meuble de la télé.

« Je t'ai dit d'attendre un peu, disait papa avec une voix légèrement agacée. Je vais voir ce que je peux faire... Arrête de pleurer s'il te plaît. Comment tu veux que je trouve du courage si tu pleures... »

Et là, il s'est mis à parler en arabe. Ça m'a désarçonné de l'entendre parler dans cette langue. Vraiment les adultes, c'est des mystères, je me suis dit. J'ai attendu un peu qu'il revienne se coucher pour lui demander combien de temps il lui avait fallu pour apprendre cette langue mais je me suis endormi avant son retour.

7

Au début, papa a surtout fait des remplacements pour des tontons qui travaillaient au noir. Il a commencé par livrer des journaux. C'était pour la boîte d'un tonton qui venait à l'église et qui avait besoin de quelqu'un pour remplacer un de ses employés qui partait en vacances au Congo pour un mois. Le premier jour, quand il est revenu de sa tournée, il a dû sentir un sacré coup de fatigue parce qu'à peine rentré, il est allé se coucher. Il lui a fallu du temps pour s'habituer aux horaires et au rythme du travail.

Après, il a remplacé un autre tonton de l'église qui faisait le ménage dans des salles de sport à Pantin et à Rosny-sur-Seine. Mais il aimait pas parce que les heures étaient trop disséminées et qu'en plus des temps morts où il n'avait parfois pas le temps de rentrer à la maison, il devait se rendre sur trois sites dans la journée. Le soir quand il se plaignait au dîner, Béatrice, qui elle-même avait fait ce genre de travaux pendant ses études, trouvait ça normal. Il y avait tout le temps des débats à cette époque.

— Tout le monde galère, au début. C'est normal, disait-elle. Tu devrais déjà être content d'avoir un travail. De pouvoir mettre de l'argent de côté pour trouver un logement à toi dans le futur !

— Mais ma chère belle-sœur... tu peux quand même

reconnaître que commencer à 7 h à Pantin pour finir à 9 h, reprendre à 11 h à Rosny jusqu'à 14 h, puis à 18 h à Pantin pour finir quelquefois à 21 h, c'est quand même pas l'idéal. Regarde à quelle heure je suis arrivé aujourd'hui à la maison : vingt-deux heures passées ! Comme je n'ai pas de voiture, parfois je reste seulement dans le local de l'homme de ménage où je fais une sieste. C'est vraiment ennuyeux. Et puis, je suis un intellectuel, moi. J'ai une formation de philosophe, je suis enseignant, directeur d'école, et là je fais le ménage... Je vois des femmes qui me regardent de haut là-bas, des petites Arabes impolies qui m'appellent de la main pour me dire d'essuyer telle machine... La manière dont elle me parle... Ce qui m'énerve encore plus, ce sont vos petits Noirs qui ont grandi ici, qui sont bêtes et sans manières et m'appellent « Tonton » ! J'ai dit à un hier : « Tonton ! Tonton ! Je ne suis pas ton tonton ! », et là, il a commencé à m'appeler « chef ». J'étais content, je te dis.

Tous ses beaux discours ne semblaient pas adoucir ou infléchir le point de vue de Béatrice. Je pense qu'elle n'avait tout simplement pas de sympathie pour papa et que papa aussi le lui rendait bien.

Après le ménage, il a commencé à travailler avec les papiers du cousin du pasteur, tonton Patience, qu'on n'avait jamais vu avant mais qui était un de ceux qui étaient là ce fameux dimanche où Béatrice était chez sa sœur et qui s'était tout de suite proposé de prêter ses papiers. Patience travaillait au noir depuis un moment comme vigile pour la boîte de sécurité d'un autre tonton donc ça ne le dérangeait pas de prêter ses papiers. Ça l'arrangeait même pour ses droits au chômage, il a dit. Rondouillard, grand de taille, il était plus vieux que papa de quinze ans mais les dames de la boîte d'intérim n'y ont vu que du feu. Tous les Noirs se ressemblent, c'est connu et il y a des fois où ça les arrange.

La première mission que la boîte d'intérim lui a confiée c'était pour du nettoyage industriel dans une usine à Drancy. Bien sûr, il s'est plaint des conditions de travail à l'issue du premier jour, à table. Tout de suite, Béatrice lui est rentrée dedans :

— Fulgence, tu peux dire à ton frère qu'il arrête de se plaindre parce que nous avons tous des raisons de mécontentement mais pour le bien de la vie de famille, nous faisons tous des efforts...

Pour le coup, Fulgence a pris la défense de son frère :

— Ma chérie, tu as déjà fait du nettoyage industriel ?

— Non, bien sûr que non. On ne fait jamais faire ce genre de travail à des femmes...

— La parité ne passe pas par là, a dit papa en ricanant.

— Ta journée s'est bien passée à la parfumerie ?

C'est Fulgence qui interrogeait Béatrice.

— Bah parfaitement...

— Alors pourquoi ça t'embête que ceux qui ne travaillent pas dans d'aussi bonnes conditions que toi, dans un métier pénible qu'ils n'ont pas choisi, pourquoi ça t'embête que ces gens-là se plaignent de leur journée ?

— Parce qu'on n'y peut rien et que c'est ça être adulte. Faire des choses qu'on n'a pas envie de faire parce qu'on doit le faire.

— Waouh, j'ai pas envie d'être adulte, j'ai dit.

En vrai, je pensais à mes profs du collège. Certains avaient des difficultés avec les camarades particulièrement insolents et ça se voyait qu'ils n'avaient pas d'autre choix que de supporter l'insupportable. En vrai, les élèves qui foutent le bordel en classe ont très bien compris que le système est fait pour eux, qu'ils sont protégés tant qu'ils jouent avec la limite et que le prof n'a souvent pas d'autre recours que de péter les plombs quand les incivilités et les insolences deviennent persistantes. Sauf que dès que le prof a pété les plombs, il perd toute crédibilité et s'affiche comme une victime qui ne pourra plus que subir quand il comprendra que son pétage de plombs n'a servi à rien.

— Quand je vois comment certains profs se font manquer de respect en classe, ai-je continué, ça c'est sûr qu'ils ont pas le choix...

— Vraiment votre vie à l'européenne ça ne va pas...

— Voilà. Merci Boris. Tu as encore donné à ton oncle le moyen de critiquer la France.

— Ma chère belle-sœur, je suis moi-même enseignant...

— On va finir par le savoir...

— Et de voir comment on traite mes collègues ici, c'est très déprimant, je dois dire.

Bref, on arrivait à une forme de vie quotidienne tous les quatre. Papa s'était même mis à parler au téléphone avec la Tunisie sans se cacher. Je pense que tonton Fulgence était au courant même s'il faisait mine de pas s'intéresser.

*

Au début les voisins étaient tous curieux de papa et il nous a dit qu'ils le regardaient bizarrement quand ils le croisaient dans le hall de l'immeuble. On a mis ça sur le compte du racisme ordinaire mais quand tonton Fulgence leur a présenté son frère, à l'occasion de la fête des voisins, Papa les a tous séduits. Je vous parle même pas des Arabes quand il se mettait à leur parler dans leur langue. Et encore moins des Tunisiens quand il leur parlait du village où il avait vécu pendant deux ans. Papa savait vraiment plaire aux gens quand il voulait. Il y en a même qui ont dit à Béatrice que je ressemblais plus à Daniel qu'à Fulgence mais elle n'en était pas d'accord. Elle m'a pris dans ses bras, m'a fait des mamours. Elle leur a dit :

— N'importe quoi ! Boris est le fils de Fulgence et c'est quand même fou que vous ne le voyiez pas.

— Mais tonton Daniel est de la famille de papa, j'ai dit. C'est normal que lui et moi, on ait un air de famille.

Elle ne voulait pas en entendre parler.

— Tu ne lui ressembles en rien mon Bobo !

Et moi j'ai pensé que peut-être Fulgence aurait dû lui dire la vérité, au moins à elle. Mais je me suis tu.

Grâce à Hassane, un des voisins rencontrés ce jour-là, impressionné par le niveau de papa en arabe, il a pu trouver un travail moins difficile que le nettoyage industriel. Hassane habitait à l'étage en dessous de chez nous. Drôle de coïncidence, il s'était marié avec une femme qu'il avait fait venir du bled et qui avait de la famille dans le village où papa avait enseigné en Tunisie. Il travaillait au Monoprix de Bondy qui avait besoin de quelqu'un pour l'aider à décharger les camions de livraison, réapprovisionner les rayons, vider les cartons et des fois remplacer les caissières de la boulangerie. C'était encore de l'intérim dans un premier temps mais c'était moins loin que Pantin et Rosny, un peu moins difficile, et pour papa la seule difficulté c'est que comme à l'usine, il n'arrivait pas à s'habituer à répondre à un nom qui n'était pas le sien. Très vite, ses collègues du Monoprix se sont mis à l'appeler « le rêveur » parce que souvent il fallait le tirer de ses rêves. Entre les rayons, on appelait « Patience » et cinq mètres plus loin, papa restait concentré dans son activité et ne se sentait pas plus concerné que ça.

8

Après sa deuxième semaine de travail à la livraison de journaux, le tonton pour lequel il bossait a filé à papa une avance sur sa paye. C'était les premiers euros qu'il gagnait et le vendredi quand il est rentré en milieu d'après-midi, il n'était plus fatigué mais assez jovial. Le lendemain, nous sommes allés au centre commercial à Rosny 2 et papa s'est montré très généreux.

— Je sais que ton oncle Fulgence s'occupe très bien de toi, m'a-t-il dit alors qu'on avançait dans la galerie commerciale.

— Béatrice aussi, j'ai ajouté.

— Très bien, en voilà un de petit chanceux ! Nous aussi dans notre enfance on aurait aimé ça, avoir trois adultes qui s'occupent de nous. Mais nos parents préféraient avoir beaucoup d'enfants dans l'espoir que ceux-ci s'occupent d'eux dans leur vieillesse... Mais ce n'est pas le sujet ici. Oui ils s'occupent bien de toi. Aussi je sais qu'il ne te manque rien... l'idée pour moi est de t'offrir quelque chose dont tu n'as pas besoin pour ne pas blesser ton oncle.

— Pourquoi tu penses que ça le blesserait ?

— C'est juste une question de savoir-vivre. Il s'est occupé de toi toutes ces années, il a été un père pour toi donc je ne peux pas arriver et faire comme si tout ça n'avait pas compté… Je veux juste te faire plaisir en t'offrant quelque chose que tu n'oserais pas lui demander.

J'ai tout de suite pensé à une paire de Jordan qui était vraiment trop belle, noir et rouge, et dont je peux dire que je rêvais. Mais une fois chez Foot Locker, papa a commencé à faire une tête bizarre quand il a vu comment elles coûtaient cher.

— Fiston, vraiment, je plains celui qui a beaucoup d'enfants dans votre pays ici… Les choses coûtent cher comme ça…

Là j'ai compris que je devais renoncer aux pompes que je voulais au départ. J'imaginais le pauvre papa qui comptait, dans sa tête, les heures qu'il avait travaillées pour gagner cet argent qui allait être englouti en quelques secondes, alors j'ai eu l'idée de couper la poire en deux. Je lui ai dit que je voulais de l'argent de poche. Pas les dix euros que me donnait tonton Fulgence de temps en temps mais plutôt trente ou quarante euros. C'est ça qui m'arrangeait. On avait continué à s'envoyer des messages avec Hortense et elle avait accepté qu'on se revoie. Nous avions rendez-vous mercredi après-midi sur Paris. Il fallait que j'assure si elle voulait aller au cinéma ou même manger un morceau. Quand il a su que je préférais de l'argent, papa a été drôlement soulagé. Alors nous avons laissé le magasin de sport et sommes allés au cinéma voir un film de super-héros qu'il a détesté. Pour lui ça n'avait aucun intérêt de voir des histoires « sans queue ni tête ». Moi j'étais pas malheureux. Surtout qu'il m'a acheté un sweat-shirt en sortant du cinéma, que j'allais mettre mercredi pour me porter bonheur.

9

Il y a autant de différences entre une journée pluvieuse et un jour ensoleillé, qu'entre le jour et la nuit. Le mercredi du rendez-vous avec Hortense, il faisait vraiment beau pour un jour de novembre mais dès le matin, à travers les fenêtres de la salle d'histoire-géographie, on pouvait comprendre que ce n'était pas des températures de saison et tout le monde en classe a vite enlevé son pull parce qu'en plus les chauffages, qu'ils avaient tardé à allumer alors qu'on se les gelait depuis quelque temps, marchaient à plein régime. La prof d'histoire nous parlait de la traite négrière dans les villes côtières françaises : Nantes, La Rochelle et Bordeaux, quand Amina, qui est un peu l'intello de la classe, a levé la main :

— Vas-y Amina, je t'écoute, a dit Mme Charignon.

— Bah... Madame... Je me demandais : pourquoi les esclaves ils ne se révoltaient pas et ne se battaient pas contre... les Blancs...

La gêne se propageait doucement dans la classe, comme un gaz insidieux, ou un virus dans l'air ; certains ont gloussé, d'autres ont fait « Waouh ! ». Et on a entendu dire : « C'est raciste comme question ! »

Amina s'est offusquée :

— Mais pas du tout. J'ai rien dit de raciste. C'est bien

les Blancs qui ont « esclavagisé » les Noirs donc je dis blanc et je dis noir...

Mme Charignon a pris la défense d'Amina :

— Oui il n'y a absolument rien de raciste à dire ça si derrière on n'entend pas que « tous les Blancs » sont des racistes et des esclavagistes...

— Oui, et puis il y a la traite arabe aussi, j'ai dit pour ramener ma science.

— Qu'est-ce que tu racontes, toi ? a crié Amin. Les Arabes ont jamais fait ça...

— Du calme, a dit Mme Charignon. Un peu de calme. Tout ça est vrai. La traite a eu lieu dans ce sens-là aussi. Des marchands arabes qui allaient chercher des esclaves dans les profondeurs de l'Afrique. Mais les Africains... euh... les Noirs aussi se livraient à l'esclavage...

Et là je l'ai arrêté tout de suite parce qu'elle s'engageait sur un terrain glissant dont papa m'avait déjà parlé, un soir alors qu'on venait de voir *Amistad* de Steven Spielberg, à la télé, l'histoire d'une révolte d'esclaves sur la côte des États-Unis. Le film était suivi d'un débat et j'avais commencé à le regarder avec papa. Tonton Fulgence et Béatrice étaient sortis en amoureux donc on était que tous les deux et papa parlait librement, sans crainte de choquer ou de vexer Béatrice.

— C'est pas possible, s'énervait mon père. C'est toujours comme ça dans votre France là !!! Émission sur le racisme, que des Blancs à la télé pour parler. Pas un seul Noir sinon des imbéciles de célébrités sans idéologie ni réflexion. Émission sur l'esclavage, que des intellectuels blancs pour parler...

— Bah..., j'ai dit, s'ils maîtrisent leur sujet, papa. C'est pas une question de couleur.

— Ah, mon fils, a-t-il dit en faisant une moue qui laissait entrevoir que je risquais le reniement si je continuais sur ce terrain-là. Tu as raison dans l'idée. Si le monde était juste et droit, nous aurions la joie de vivre dans un monde où ce que tu dis est vrai. Mais malheureusement le monde n'est pas comme ça. Personne n'aime reconnaître et affronter ce que ses ancêtres ont fait de mal. Ils passent leur temps à célébrer leurs grands hommes. La plupart du temps, ceux-ci sont des racistes, des sanguinaires et des tortionnaires pour nos ancêtres. Leur de Gaule, un raciste. Seule la vie des Français blancs comptait pour lui alors que leur empire bringuebalant commençait à battre de l'aile. Leur Napoléon pareil : un esclavagiste notoire. Leur Colbert, pareil. Crois-tu qu'ils vont renoncer à honorer ses assassins pour faire plaisir aux Africains, tu rêves !

Il commençait à me fatiguer avec ces histoires alors je suis allé dans ma chambre. Quinze minutes après, il m'appelait :

— Bobo, viens voir !

Il y avait un historien à la télé, un mec avec une raie sur le côté et une veste en tweed qui parlait de mauvaise conscience européenne alors que les peuplades africaines, elles-mêmes, pratiquaient l'esclavage...

— Tu vois fiston, de quoi je parlais ? C'est exactement ça. Ces gens ne nous aiment pas et ne peuvent pas nous rendre justice parce que nous rendre justice, c'est reconnaître qu'ils nous ont volés, pillés, dégradés et trompés. Pour éviter ça, ils sont prêts à tout. Ils vont te dire que les Noirs pratiquaient l'esclavage entre eux. Ne leur laisse jamais te dire ça pour laver leur honneur. La tradition de l'esclavage chez nous n'a rien à voir avec ce qu'eux faisaient dans les îles ou leurs colonies. Chez nous l'esclave faisait partie de la domesticité et de la famille. Certes c'était un domestique mais on ne le faisait pas travailler comme un cheval de labour. On ne le fouettait pas pour un oui ou un non. On ne voyait pas en lui un animal à qui on pouvait couper les membres par plaisir sadique. On ne le déshumanisait pas pour se donner des droits sur lui. On savait qu'on avait affaire à un homme et que c'était par des circonstances de la vie que cette personne était devenue esclave et que soi-même, on pouvait par un coup du sort se retrouver déchu de ses droits d'homme libre. Les Romains ne faisaient pas autre chose pour leurs esclaves domestiques que ce que les Africains faisaient. Ils savaient que tout était une question de circonstances. Le grand auteur latin Térence, dont Molière s'est beaucoup inspiré, avait été un esclave. C'est bien qu'à l'époque, on ne voyait pas dans l'esclavage un juste ordre des choses raciales. Donc ne laisse jamais quelqu'un sortir cet argument pour te clouer la bouche et sauver leurs barbares d'ancêtres sauvages. Ou bien encore, ils vont te dire que les esclaves étaient bien traités et que les révoltes étaient rares. C'est faux. Les gens préféraient mourir qu'être rendus en esclavage. Ils sautaient par-dessus bord. Il y a eu des révoltes partout. La plus connue étant celle de Nat Turner en Virginie. Le marronnage dans les îles. Tu me comprends fiston ?

Dans le RER, je pensais à la tête de la prof quand j'ai

laissé papa parler à travers moi, quand j'ai ouvert le robinet et que j'ai laissé sortir toute la colère et la frustration des réflexions sans conséquences qu'avait accumulées mon père. J'ai libéré le dragon pour lui clouer le bec sur un sujet qu'elle n'avait sûrement pas beaucoup traité dans son parcours d'historienne. Toute la classe s'est tournée vers moi. Quand on passe son temps à faire semblant de ne jamais rien prendre au sérieux, les gens n'imaginent pas qu'on puisse tenir un discours cohérent. Mais je n'avais pas le choix. Papa m'avait dit : on peut selon les circonstances se retrouver dans l'impossibilité d'empêcher que quelqu'un nous escroque ou nous mente. Tout ce qu'on peut faire c'est de bien lui montrer que nous ne sommes pas dupes. Il faut juste les empêcher de s'en tirer avec de belles justifications.

Idrissa et d'autres garçons ont commencé à applaudir. Y en a un qu'a crié : « Malcom X! » et a levé le poing comme les Blacks Panthers. La prof a laissé passer la vague sans rien dire puis elle s'est reprise :

— On se calme. Nous savons tous que ce sont des sujets sensibles et on sait bien que la sensibilité et l'analyse historique ne font pas bon ménage...

— À qui le dites-vous? a dit Idrissa en me regardant avec un ton moqueur.

*

On avait rendez-vous à République mais je savais pas où la trouver. Cette place donne sur tellement de rues. Je l'ai appelée et en fait, elle était dans un café-restaurant italien avec deux copines à elle. Elle m'a envoyé l'adresse et ça m'a pris quinze minutes à pied pour les rejoindre. Quinze minutes où je me suis senti pris au piège. Déjà, plaire à une fille c'est compliqué, mais essayer de plaire à trois... Et puis on les connaît, les filles, elles vont rigoler pour des trucs que tu comprends pas, en se lançant des regards entendus, elles vont parler d'autres garçons, en bien, pour voir comment tu réagis face à la pression de la concurrence, et surtout ça fait deux personnes en plus en train de te juger, et avec tout ça on dit pourtant qu'il faut rester naturel. Ce n'était qu'un moment de stress. Le café n'était pas loin d'Arts et Métiers et du Marais. Les gens n'étaient franchement pas les mêmes qu'à Bondy dans ce quartier et le café, c'était le genre d'endroits où j'aurais jamais osé entrer en temps normal. Il y avait comme un maître d'hôtel et tout faisait très classe. Je ne sais pas comment cela se fait mais quand t'as pas beaucoup d'argent, t'arrives très facilement à repérer les endroits qui sont pas pour toi. Comme si t'avais un détecteur de trucs pour riches. J'avais ce sentiment désagréable qu'on a quand on va rentrer quelque part et qu'on appréhende de ne pas être le bienvenu. Mais j'ai fait comme tous les timides, j'ai pris un visage fermé, genre j'en ai rien à foutre de ce que tu penses, je suis passé devant le maître d'hôtel et je les ai vues, elle et ses copines, leurs six yeux fixés sur moi comme un monstre mythologique. J'ai vu le doux visage d'Hortense prendre un air à la fois surpris et bienveillant, la fille à sa droite aussi m'a souri tandis que celle en face d'elles a eu un léger recul et fait une grimace que j'ai traduite comme de la surprise.

— Je croyais que tu habitais vers la tour Eiffel, j'ai dit en m'asseyant vis-à-vis d'Hortense après avoir salué de la main ses copines.

— Oui mais le mercredi, je déjeune avec ma grand-mère. Elle habite à deux pas d'ici. Et dans le quartier, j'ai rencontré Émilie et Daysy qui habitent ici.

Elle sentait aussi bon qu'un mélange de fleurs multicolores dans un bouquet. Elle soutenait mon regard sans gêne aucune. On était sans doute différents mais j'étais sûr que je pouvais au moins être son ami. Et c'est ça qui m'a libéré. Avec nos amis, on part du principe qu'ils nous ont choisis donc on a la certitude que même si on se comporte stupidement, ils savent qu'on vaut mieux que ça.

La voisine d'Hortense s'appelait Émilie. La fille à côté de laquelle je venais de m'asseoir, c'était Daysy. J'allais les revoir même si à ce moment-là, je ne pouvais pas le savoir. Elles buvaient un thé alors qu'Hortense avait commandé de l'eau gazeuse. J'ai pris un Coca. Elles étaient à fond dans une discussion sur la série *Game of Thrones*.

— J'adore Jon Snow. Rien que pour la réplique : « *You know nothing Jon Snow.* »

C'était Daysy qui parlait.

— Oh il est trop chou lui, a poursuivi Émilie. Ma mère dit que c'est les hommes qui ne comprennent rien, de manière générale, aux femmes.

— Ah ouais, a fait Hortense en se tournant vers moi. Mais on a un homme ici. T'en penses quoi Boris ?

— Moi je pense qu'on parle tous une langue différente. Alors c'est pas facile de se comprendre.

— Oh. Un philosophe de banlieue, a dit Daysy, l'air moqueur, en retirant le sachet de thé de la théière.

Les deux autres ont rigolé et je ne savais pas trop quoi dire. Alors j'ai changé de sujet.

— Au fait, comment va ta copine la tisse-mé ?

Elle ne comprenait pas.

— Ta copine, la métisse qui était avec toi au musée.

— Ah oui. Vanessa. Bah écoute, elle va bien. Et ton pote à toi, qu'est marrant et tout...

— Idrissa ?

— Oui. Trop cool ce mec.

Daysy et Émilie se sont levées après avoir bu leur thé presque d'un trait.

— Nous, on est un peu fauchées – c'est Daysy qui parlait. Bon. On a un peu abusé des sorties aussi, c'est vrai, mais du coup, on ne va pas rester plus, on rentre.

Elles ont tapé la bise à Hortense et m'ont fait un signe de la main. Je me suis dit qu'il fallait vraiment être riche pour s'en tirer avec ce genre de phrases. Un pauvre n'oserait jamais dire un truc pareil. Déjà parce qu'un pauvre est toujours fauché. Je pensais à ça quand Hortense m'a dit :

— Viens, on y va.

J'ai fait signe au serveur, j'ai payé mon Coca et nous sommes sortis. On a marché à travers le Marais jusqu'à l'Hôtel de Ville puis sur les quais. On s'est posés sur un banc comme plein d'autres gens. C'était un drôle de jour de novembre. Beau comme un jour d'été. J'étais avec la plus jolie fille du monde. J'avais l'impression d'être chanceux qu'elle me laisse poser mes yeux sur elle et qu'elle soutienne mon regard. Mais je gardais mes distances. Sur ce banc, quand nos genoux se frôlaient, je laissais doucement dériver le mien loin d'elle, quand nos coudes se rencontraient de même. Elle m'a parlé de sa famille. Et je ne sais pas pourquoi mais j'ai pensé tout de suite à prendre la fuite et à ne jamais me retourner. Je lui ai donné la version officielle de ma famille. Tonton Fulgence était mon père. Béatrice m'avait adopté. Ça avait vraiment l'air de l'intéresser mon histoire. Un marchand de glaces est passé et je suis allé nous en chercher qu'on a mangées en regardant passer les bateaux remplis de touristes.

— C'est drôle, j'ai fini par lâcher. Je dois habiter à une demi-heure d'ici et moi et mes *srab*, on vient jamais voir ce que des touristes du monde entier font des milliers de kilomètres pour découvrir. C'est bizarre, non ?

— C'est quoi un *srab* ?

— C'est un « pote » en arabe.

— OK. Tu parles arabe aussi ?

Elle disait ça comme si elle se moquait de moi, avec un ton taquin, comme dirait ma prof d'histoire.

— D'accord, a-t-elle repris, vous ne venez pas par ici. J'entends bien. Mais peut-être aussi qu'il faut une raison pour venir ?

— Tu veux bien être ma raison de venir sur Paris ?

— Est-ce que tu seras la raison pour laquelle j'irai à Bondy ?

— Bah pourquoi tu viendrais à Bondy ?

— Ton oncle est bien venu à Bondy ?

— Oui mais lui il a que nous comme famille. Moi j'ai

pas vraiment envie que tu viennes par là-bas à vrai dire. Tu te sentiras mal à l'aise. Les gens sont pas comme ici avec des bonnes manières. Chez moi, c'est souvent celui qui parle le plus fort qui l'emporte.

— Oui mais des fois les bonnes manières c'est naze : c'est hypocrisie, mensonge et compagnie...

— Dans ce cas-là, il faut être intelligent. Je préfère vivre dans un monde où l'intelligence prime, je suis mieux armé...

— L'intelligence prime toujours, a-t-elle dit.

Et elle m'a embrassé.

10

Dans le train du retour, je me suis calé en haut, dans un wagon où y avait personne à part deux amoureux qui se bécotaient. En les regardant, je me suis vu avec Hortense comme on était quelques moments avant, à ceci près que moi j'avais pas osé passer ma main sous le pantalon de ma copine ni sous son pull. Chaque chose en son temps, j'ai pensé. J'avais des soucis plus pressants. J'essayais de me rassurer comme je pouvais en me disant que même si elle venait d'un autre monde que le mien, Hortense et moi nous n'étions qu'une fille et un garçon qui se fréquentent comme on peut en rencontrer à Paris, en banlieue ou ailleurs. Je n'avais pas vraiment parlé aux copains de cette virée. J'avais peur qu'ils se foutent de moi du genre l'autre, il veut gérer une bourgeoise de Paname. J'en avais parlé qu'à Idrissa qui m'avait seulement demandé de bien négocier l'affaire, comme ça, au cas où, je pourrais lui faire une passe décisive avec la pote métisse d'Hortense. D'un autre côté, j'étais content parce que je ne rentrais pas bredouille de mon expédition, mais je ramenais un baiser qui témoignait de l'à-propos de ma tentative. Un baiser dont je n'avais pas osé rêver quand j'avais quitté Bondy par le train de 13 h 44.

Elle m'avait aussi donné la main sur le chemin du retour,

des quais de Seine jusqu'à Châtelet où l'on s'était séparés. J'essayais de me rassurer. L'amour triomphe de tout et même en banlieue, tous les mecs ne pensent pas que toutes les meufs ne sont que des chiennes qui n'aiment que les grosses voitures et les grosses queues. Chez nous aussi t'as des mecs qu'ont des copines et qui sont amoureux. Le frère de Farid et la sœur de Mouloud, ils sont ensemble depuis la cinquième et là ils sont en terminale, toujours ensemble. *Inch Allah*, ils vont se marier un jour ! Pour me rassurer, j'essayais de me dire qu'elle n'était pas si différente des crasseuses et autres bouffonnes de ma classe. Et pour elle, moi j'étais à peu près pareil que les mecs de la sienne... juste un peu différent. Bref, on était presque pareils. Elle aimait les mêmes trucs de filles que les filles dans ma classe. Les mêmes boys band ou chanteurs coréens de merde. Elles aimaient les mêmes séries. Les mecs de sa classe, enfin certains – j'imagine – écoutent les mêmes rappeurs que nous. Ils kiffent le foot comme nous. Ils kiffent les mêmes trucs que nous. Ils veulent même parler comme nous, le plus souvent. Je le vois bien que quand elle veut faire la meuf cool, elle emploie des mots de chez nous, Hortense. La seule différence, c'est qu'en plus de ses goûts à elle, des trucs des filles de son âge, elle aime aussi faire des trucs que nous, à part si on te force pour l'école, jamais tu les fais. Genre, elle aime aller au musée, voir des expositions, aller au théâtre et lire. Ça, je dois dire ça me faisait flipper. Je m'imaginais avec une calvitie et des bretelles, avec une pipe dans la bouche et aussi que je parlais avec une voix aiguë et insupportable comme dans cette émission de radio du dimanche soir qu'écoutait Béatrice, dans la cuisine, à notre grand désespoir à tonton Fulgence et à moi. « La Plume et le Masque », je crois. Dans cette émission, on entend des gens... c'est effarant ! Dans mon quartier, un mec qui parle avec une voix et un ton comme ça, il survit pas cinq minutes.

Peut-être que j'allais ressembler à ce genre de gars si je restais trop longtemps avec Hortense. J'allais commencer à aimer l'opéra. Je rigolerais à des blagues pas drôles avec des gens pas cool et qui parlent comme si on était à l'époque de Louis XIV. J'allais devenir débile comme les richards des beaux quartiers dont même la manière de parler est une blague pour nous – eux aussi, ils se foutent de notre gueule. Tous les humoristes de France se foutent de la manière de parler et des accents des gars de cité. Donc c'est de bonne guerre. Un partout, la balle au centre. Dans ma classe, y a des mecs qui n'arrivent toujours pas à conjuguer au passé simple. Alors comment tu veux leur dire avec le ton qui convient : « Nous étions hier au soir au théâtre, c'était épatant ! » Hortense, elle dit ce genre de phrases et ça sonne vrai. On sent qu'elle dit pas ça pour se moquer des gens qui parlent de cette façon-là. Chez moi quelqu'un qui cause comme ça, tout le monde sait que c'est pour rigoler et se moquer des Charles-Henri. Et s'il avait le malheur d'être sérieux, tout le monde lui tomberait dessus : « Tu te crois où ? » « Tu te prends pour qui ? » Tous les rageux débiles seraient sur ses côtes. Limite quand elle s'y met, Hortense, même moi j'ai envie de la tailler mais en même temps, je veux pas. Je veux pas qu'elle fasse attention à comment elle dit les choses quand elle me parle et je me dis que sa manière de parler c'est pas pour me montrer qu'elle vient de la haute société, c'est juste qu'elle reste elle-même, qu'elle parle comme ça avec ses parents et ses amis et ça me montre aussi qu'elle est suffisamment à l'aise avec moi pour ne rien changer. C'est pour ça que je lui parle comme on parle avec les potes, en mélangeant argot, arabe, mots du bled, de gitans, je sais pas... c'est plus marrant comme ça. La langue du quartier, c'est un plat français et chez nous chacun rajoute ses épices ou le refait à sa sauce. Ça donne du goût quand on parle. Pour oser une autre métaphore en relation avec nos cours de bio, je dirais que notre français à nous est exogame alors que celui des gens des beaux quartiers est complètement consanguin. Les tournures et les mots y sont secs, n'ont plus le jus, et sont maintenus artificiellement en vie. Ça n'augure pas d'une bonne évolution tout ça. Et pourtant, j'aimais être en contact avec cette langue quand c'est Hortense qui la parlait. Je trouvais ça bizarre : elle n'avait même pas idée qu'on puisse la juger parce que c'était trop grillé que c'était une grosse bourge et j'avoue, j'aimais ça.

Arrivé à la gare de Bondy, j'ai eu un petit pincement au cœur comme quand on revient d'un week-end en excursion avec le centre et qu'on rentre à la maison. Cet après-midi avec Hortense, sur les bords de Seine, dans la capitale, où on avait mangé une glace, avait été un week-end ensoleillé en mieux, sans le bruit, ni les disputes et les bagarres, ni les heures interminables dans le car où des gars s'amusent à péter et à te mettre leurs sales doigts dans le nez quand tu dors. Je rentrais chez moi dans la pénombre et toutes mes craintes sur les différences entre elle et moi avaient disparu. C'était juste des mouvements rapides de panique parce que j'étais trop heureux et ça fait toujours peur d'être franchement heureux dans la vie. On a toujours peur qu'un malheur arrive et rééquilibre les choses dans le sens du quotidien, c'est-à-dire des emmerdes. Mais ce soir-là, moi, Boris Ier du bois de Bondy, M. le banlieusard en chef, de retour dans ma cité avec mon bisou, fièrement accroché à mes lèvres – un bisou excusez du peu, consenti par une princesse de la ville – en vrai, j'étais juste content parce que je la trouvais jolie et que je me sentais chanceux.

*

Quand je suis rentré, ils étaient tous comme un comité d'accueil à m'attendre dans le salon, devant la télé. Au début, ils ont fait comme s'ils ne m'avaient pas vu. J'ai bien dit bonsoir mais ils ne se sont pas sentis obligés de me répondre. Même Béatrice, et c'est comme ça que j'ai compris qu'il y avait un truc qu'allait pas. Béatrice était comme une mère pour moi. Je veux dire toujours gentille et compréhensive. Là, elle est restée concentrée sur son tricot – elle travaillait sur une écharpe pour le bébé à venir de sa sœur – et n'a même pas levé la tête pour me regarder.

— Qu'est-ce qu'il y a ? j'ai dit.

C'est papa qui a commencé :

— Tu te rappelles que nous existons, c'est ça ?

— Bah, pourquoi tu dis ça ?

— Il est vingt heures trente et nous t'avons appelé plusieurs fois et tu n'as pas répondu. Qu'as-tu fait cet après-midi ? Tu n'es pas allé à l'entraînement de foot non plus. Qu'est-ce qui se passe ?

C'est vrai que j'avais vu leurs appels et leurs messages mais je ne leur avais pas dit que j'étais sur Paris et comme je savais pas exactement à quelle heure j'allais rentrer bah… j'avais préféré faire le mort.

— J'étais avec Idrissa…

— Hum… Hum… Terrain glissant mon Bobo, a dit Béatrice, en se levant en direction de la cuisine. Idrissa est passé au magasin et Daniel l'a vu avec Kader et Allassane. Tu n'étais pas avec eux.

— Si tu étais avec une fille, tu peux le dire fiston, a dit tonton Fulgence. Ce serait même mieux que tu nous en parles.

— Oh là là, j'ai dit, et je suis allé dans ma chambre.

Papa m'a suivi. Et je croyais qu'il allait me saouler pour savoir où j'étais et avec qui. Mais non.

— Tiens, a-t-il fait en me tendant un sac en plastique.

J'étais surpris, genre qu'est-ce qui lui arrive ? À l'intérieur y avait un survêtement du PSG. J'étais trop content, je l'ai pris dans mes bras et il m'a porté comme quand j'avais cinq ans.

— C'était une petite surprise. C'est Abdel du magasin qui a eu un « plan », comme vous dites, par son cousin. C'est pour ça que je t'appelais… pour avoir ta taille. Mais j'ai fini par appeler Béatrice…

— Mais c'est un vrai, j'ai dit, étonné, en regardant l'étiquette.

— Bien sûr que c'est un vrai, a répondu papa. *O kanisi e za moniato*? Jamais de *moniato* chez moi, jamais, je suis congolais quand même... Bon viens. On va enfin manger africain dans cette maison, a-t-il dit en m'entraînant vers la cuisine.

Il avait fait des courses et avec tonton Fulgence qui était rentré plus tôt du travail, ils avaient cuisiné un repas cent pour cent congolais avec du riz, des haricots, du pondu et de la viande de chèvre grillée et bien assaisonnée.

À table, j'étais juste trop content et ça devait se voir. Béatrice a commencé à me taquiner.

— Bah, c'est qu'il est gâté le Boris. C'est bien d'avoir deux papas...

J'ai failli m'étouffer avec le gros morceau de viande que je venais d'enfourner. Je suis resté perplexe un moment, à l'arrêt, j'ai fixé mon père et mon oncle mais c'était rien qu'une fausse alerte. Béatrice ne parlait pas en connaissance de cause...

— Bah alors, a-t-elle continué, tu en fais une de ces têtes, mon Bobo. Fulgence regarde la tête de ton fils. On dirait qu'il vient de voir un fantôme. Non mais c'est vrai que Daniel le gâte, hein Fulgence?

— C'est normal, c'est son oncle, a dit tonton Fulgence avec une voix qui ne laissait passer aucun doute ni aucune malice. Les tontons, c'est fait pour ça. Ça part et ça revient. Ça fait des beaux cadeaux, ça amène au cinéma, ça fait des blagues, on passe un bon moment puis ils repartent. Alors qu'un papa, c'est là tous les jours, ça paye les trucs qui ne se voient plus, les affaires de l'école...

— Oui, un papa c'est là pour interdire, a repris mon père, pour guider et pour corriger si un enfant n'obéit pas. Ce n'est pas le travail le plus agréable mais c'est celui dont les bienfaits ne se font voir que bien plus tard, quand on est soi-même devenu père de famille...

J'ai vu dans la grimace de tonton Fulgence que papa allait trop loin et je me suis sentis obligé d'intervenir.

— Pour moi, un papa c'est celui qui t'aime comme un papa... Et c'est vrai que tonton Daniel et papa m'aiment comme leur fils et ça, je sais que c'est rare. Certains n'ont même pas un papa comme les Noirs américains souvent...

— Oh c'est trop mignon, a dit Béatrice. Attendez, je vais prendre une photo.

Elle est allée jusqu'à la table basse du salon, a attrapé son téléphone, et s'est arrêtée un instant pour écrire un message.

— Pas à table, j'ai dit pour me moquer d'elle car elle était inflexible pour ce genre de choses.

— Très drôle Boris, a-t-elle répondu en revenant vers nous. Allez, mets-toi au milieu entre ton oncle et ton père!

Elle a fait deux photos, nous les a montrées et on s'est remis à manger.

— Vendredi soir, ma copine Véronique viendra dîner à la maison, a repris Béatrice. Je lui ai donné rendez-vous à vingt heures. Soyez à l'heure! Et d'ailleurs, Daniel, elle est avocate et je crois que son fiancé est spécialisé dans le droit des étrangers et qu'il travaille aussi avec une association. J'y connais rien moi mais peut-être qu'elle pourra te donner quelques pistes pour régulariser ta situation...

— Oui, c'est une bonne idée ma chérie, a enchaîné tonton Fulgence. Et aussi vendredi soir, avec quelques copains, on va sortir Daniel. Après le dîner nous irons en boîte sur Paris, qu'il voie un peu l'ambiance...

— OK, a dit Béatrice en levant les yeux au ciel. Je vous parle de papiers, de trucs importants et vous, vous me parlez de sortir et de faire la fête. C'est ça votre problème à vous les Africains. Vous êtes de grands enfants...

Et on s'est tous mis à la huer :

— Hou... Hou !

— Marine Le Pen ! a dit papa.

— Très drôle, a répondu Béatrice en prenant son assiette et en se levant – et là, on savait tous que le repas était fini.

*

Je suis allé au lit après le repas. Ils avaient commencé à regarder un téléfilm français de toute façon. J'étais tellement fatigué, j'avais même pas la force de faire défiler mon fil d'actualité sur Instagram. J'ai posé mon téléphone au pied de mon lit puis je l'ai repris. J'étais encore dans l'espoir d'un message d'Hortense. Je me consolais parce que je savais qu'elle devait aller à son cours de piano et après, aller à l'Opéra avec ses cousins et sa tante donc y avait pas de mal. J'avais éteint la lumière et me préparais à tomber dans le sommeil quand j'ai entendu mon téléphone vibrer. C'était elle. Elle répondait au message que je lui avais envoyé presque trois heures avant : « Contente que Boris Ier soit bien rentré sur ses terres. Moi je sors du spectacle. C'était complètement estomaquant ; renversant. Je pense que tu dors. Moi je viens de rentrer. » Il y avait une photo avec le message. Un selfie avec la tour Eiffel en arrière-plan. J'ai laissé le message comme non lu et me suis endormi le sourire aux lèvres.

11

Le lendemain fut une journée mémorable. Il faisait très froid et grisâtre comme dans ces journées d'hiver où rien que sortir de son lit est une épreuve. Il avait plu jusqu'à midi et j'aurais déjà oublié cette matinée si n'étaient arrivés deux événements marquants : d'abord il y a eu une bagarre de ouf dans la cour, où Jawed s'est battu contre Rayan parce que Rayan arrêtait pas d'embêter sa petite sœur qu'était qu'en sixième alors que Rayan c'est un quatrième. Ce fut un bordel monstre, tout le monde s'est mis à crier autour d'eux. C'était un raffut pas possible. Les CPE et les surveillants ne sont arrivés qu'après et Rayan était déjà au sol, en train de saigner du nez. Les surveillants ont dû les retenir à deux chacun pour que la bagarre s'arrête enfin et quand ils les ont traînés de force vers la vie scolaire, c'était un peu comme si tout le monde était déçu parce que le spectacle s'arrêtait. Ouais ce jour-là, il y a eu cette bagarre qui allait en appeler une autre et puis, il y a eu ce fameux cours de français. Je sais plus comment ça a commencé mais on était en classe – je m'ennuyais pas mal –, à revoir un truc qu'on avait déjà vu et qui selon moi n'est pas vraiment dur – les valeurs des temps – mais les notes que le prof venait de rendre n'étaient pas bonnes et M. Wolkowicz, un grand rouquin, assez gentil en vrai, un grand échalas tout sec qui se noyait dans ses jeans et dans ses larges chemises à fleurs et portait toujours des chaussures pointues brillantes, voulait qu'on corrige le contrôle pour aider ceux qui n'avaient toujours pas compris. À un moment Nabil a commencé à chercher le prof et à faire de la provocation comme il savait si bien le faire en disant :

— À quoi ça sert de savoir ça ? Au mieux, on devient comme vous, un crevard à deux mille euros...

Toute la classe a réagi avec un bruit sourd.

— Bah... deux mille euros, c'est bien, a dit Meenusha... y en a leurs deux parents, ils gagnent pas ça...

— Faut être un crevard pour vivre avec deux mille euros, a repris Nabil en rigolant.

— Ça va aller Nabil, on revient au cours... Nous en étions à : « Tous les jours je mangeais à la cantine. » Quel temps et quelle valeur ?

— On s'en bat les couilles... Quelle valeur ? Ça vaut rien... si ça vaut les deux mille euros que vous touchez pour nous supporter.

— Est-ce que tu peux sortir, a dit M. Wolkowicz après être resté silencieux un bon moment.

— Bah, non, je sors pas, a répondu Nabil du tac au tac, en fixant le prof dans les yeux. Tu vas faire quoi ?

M. Wolkowicz s'est encore arrêté un instant. On sentait qu'il n'était pas préparé à cette éventualité et qu'il cherchait quoi faire.

— Nabil, ne me force pas à venir jusqu'à toi. Je vais compter jusqu'à 10 et je veux qu'avant la fin de mon décompte, tu te sois levé et que tu sois sorti... Il reste un quart d'heure de cours, je vais terminer le cours pour tes camarades, que tu prends en otage par ton comportement, et puis je viendrai te chercher...

— Cause toujours, a dit Nabil en se balançant sur sa chaise.

À un moment, il a carrément mis ses affaires dans son sac à dos, il a balancé sa chaise, s'est penché en arrière, a croisé ses bras derrière sa tête et mis ses baskets sur son pupitre.

Toute la classe était à l'arrêt comme si on était dans un western et M. Wolkowicz a commencé à compter...

— Vas-y compte, a ricané Nabil, il me fait rire lui... genre il compte et moi je vais être en panique ! C'est bien, tu sais compter, bravo !!!

Mais M. Wolkowicz avait fini de compter et était arrivé jusqu'à lui.

— Lève-toi !!!

Nabil continuait à se balancer sans le regarder alors le prof a saisi le dossier de la chaise de Nabil et l'a forcé à se remettre droit, les quatre pieds au sol. Puis il l'a attrapé par le bras et l'a forcé à se lever.

— Vas-y, lâche-moi, a commencé à dire Nabil, sur un ton qui mélangeait la colère et l'indignation. Lâche-moi, je te dis... Il est fou lui !

Et le prof l'emmenait de force vers la sortie alors qu'il résistait de tout son corps. À un moment, il a essayé de s'agripper au pupitre de Meenusha et il a fait tomber sa trousse et tous ses stylos et crayons ont roulé par terre. Le prof a ouvert la porte et l'a poussé dans le couloir.

— Maintenant, tu restes tranquille ! Tu me laisses faire mon travail et après, je ferai un rapport et on ira voir la CPE pour appeler tes parents...

Il a refermé la porte, a pris un grand souffle et expiré genre super longtemps. Puis il est revenu vers nous.

— On reprend... On en était à : « Tous les jours je mangeais à la cantine », ce qui est important, c'est l'information apportée par le complément circonstanciel de temps, « tous les »...

La porte a claqué avec une violence accrue par l'effet de surprise. C'était Nabil qui venait de donner un coup dedans après l'avoir entrouverte. Il attendait sur le seuil, les bras croisés, en matant le prof avec un air de défi, du genre : « Qu'est-ce que tu vas faire, maintenant ? »

M. Wolkowicz nous a d'abord regardés. Peut-être qu'il cherchait du soutien parmi nous ? Que quelqu'un dise à Nabil qu'il allait trop loin mais nous, on savait pas quoi faire non plus et de toute façon si quelqu'un osait dire quelque chose, Nabil aurait commencé les insultes et les menaces direct. C'était une sacrée grande gueule, ce mec, le champion pour mettre des coups de pression. Mieux valait qu'il t'ignore, tout simplement. Il faisait partie de ces élèves qui frappaient gratuitement (juste pour le plaisir) les élèves de sixième dans les couloirs. Y en avait qui faisaient des gros détours pour ne pas le croiser. En quatrième, une prof d'anglais débutante avait carrément renoncé à l'enseignement à cause de lui. Elle avait d'abord été arrêtée grave longtemps. À chaque fois, quand on les interrogeait, les autres profs disaient, elle revient dans trois semaines, dans deux semaines et puis le jour venu, elle était pas là. Au bout de trois mois, ils avaient dû trouver quelqu'un d'autre mais grâce à elle, nous, on avait gagné une expression. La prof que Nabil avait rendue folle s'appelait Mme Duplessy, alors nous, pour dire qu'un prof était absent, on disait « faire une Duplessy » mais ça fait longtemps, un an ou deux, et plus personne ne le dit maintenant. Enfin, on en était à Nabil qui venait de claquer la porte avec un bruit assourdissant.

— Referme cette porte, a dit M. Wolkowicz, sans bouger de place ni se tourner pour le regarder.

Nabil restait immobile donc le prof est allé jusqu'à lui. Ils étaient tous les deux en train de se toiser sous l'encadrure de la porte.

— Une seule issue : la ba-garre! La ba-garre... s'est mis à crier Idrissa, en tapant du poing sur son pupitre pour faire l'intéressant et tout le monde a rigolé.

M. Wolkowicz, qui avait su garder son calme jusque-là, s'est mis à crier :

— Recule! Je n'ai aucune envie de te toucher ou de poser la main sur toi mais... recule que je ferme la porte...

Nabil ne bougeait pas alors M. Wolkowicz a posé son index sur son torse pour le faire reculer tout en lui montrant qu'il répugnait à ce contact physique et c'est là que toute la classe a frémi, quand Nabil a fait la même chose au prof, genre il a mis son doigt sur le prof pour le pousser...

Dans la classe, c'était la folie, certains se levaient et dansaient ou faisaient des dabs. D'autres faisaient signe à Nabil de continuer parce que c'était trop drôle, mais la plupart, on se regardait, stupéfaits. Comment est-ce que cette histoire allait finir ?

On a vu la main droite de M. Wolkowicz se lever comme pour mettre une claque et toute la classe a retenu son souffle, mais en l'air, à mi-parcours de l'axe qui devait le conduire à la joue de Nabil, il a refermé son poing, l'a ramené serré devant sa bouche et s'est tourné vers la classe. Tous ceux qui faisaient les idiots se sont rassis direct. Il a demandé à Meenusha d'aller chercher un surveillant pour qu'il vienne prendre Nabil. La classe est restée dans le silence tout le temps qu'Abdou arrive pour emmener l'élève « récalcitrant » à la vie scolaire. Et alors que les choses auraient pu s'arrêter là, c'est là qu'elles ont complètement dégénéré et que cette journée est devenue mémorable. Juste avant de suivre Abdou, Nabil a ouvert la porte à nouveau et a crié, les yeux dans les yeux du prof :

— Fils de pute !

Toute la classe était encore sous le coup de la surprise lorsque le prof lui a répondu :

— C'est ta mère, ouais !

Et là, tout le monde a pété les plombs. Les gens riaient aux larmes. C'était comme la fin du monde, le prof venait d'avoir Nabil à son propre jeu et on entendait dans le couloir, où Abdou devait le traîner de force, Nabil qui criait :

— Wolkowicz, tu vas voir... Je vais te faire démissionner... Tu vas perdre ton boulot, sale bâtard !

Pendant la pause-déjeuner on ne faisait que raconter cette histoire. M. Wolkowicz avait traité un élève de fils de pute. On attendait tous que Nabil sorte du bureau de la CPE mais il avait encore beaucoup à faire parce qu'après ils sont allés dans le bureau du principal avec la CPE et M. Wolkowicz. Dès qu'il en est sorti, on s'est tous mis à le charrier :

— Waouh, la honte ! Tu t'es fait terminer par le prof... disait Idrissa qu'était jamais en retrait quand il fallait se moquer. Là, je sais pas si tu te rends compte, mais il t'a carrément dit devant toute la classe que t'étais un fils de pute... Un prof qui traite un élève de fils de pute... C'est chaud, mon gars...

— C'est lui le fils de putain..., a dit Nabil en crachant un gros molard et en donnant des petits coups de pied nerveux contre le sol. Et puis c'est moi qui ai commencé... Il va voir... J'en ai pas fini avec lui.

Et nous, non plus, on n'en avait pas fini avec cette histoire. L'après-midi, durant le cours de bio, M. Wolkowicz, le principal et la CPE voulaient qu'on parle « des événements » du matin et c'est M. Wolkowicz qui m'a fait un peu pitié parce que ça se voyait qu'il était grave embarrassé, même si dans le couloir des élèves lui disaient : « Trop fort M. Wolkowicz, vous l'avez cassé, c'était du beau boulot, *Wallaye* ! » Mais quand ça a été son tour de parler, il a seulement dit :

— Chers élèves, je vous prie de m'excuser. Je ne vous ai pas montré un bon exemple et même le comportement déplacé de Nabil ne justifie pas ma réaction...

— On vous comprend monsieur, a dit Salif.

— Oui monsieur, vous inquiétez pas, ont repris les autres.

Et là, il s'est mis à pleurer et il est sorti... et on a dû subir un discours du principal, surtout des menaces pour les élèves qui pensent qu'on vient à l'école pour pousser les enseignants à bout.

Certains ont commencé à dire qu'il allait être viré, que c'est pour ça qu'il avait fondu en larmes mais non, le lendemain et les jours qui ont suivi il était bien là et toujours égal à lui-même. Nabil est resté au CDI le reste de la journée et le lendemain, il est passé en commission de discipline et a pris quatre jours d'exclusion.

Après le cours de bio, la journée était finie pour nous. On venait de montrer nos carnets pour sortir du collège quand on a vu au loin deux hommes qui se criaient dessus et comme on avançait dans l'allée qui mène du collège à la rue, vers la maîtrise, on a repéré Jawed et Rayan de part et d'autre des deux messieurs qui se disputaient. L'un des darons s'est approché de l'autre, lui a donné une claque et tout le monde est devenu fou. On a couru vers la bagarre avec les copains. J'ai sorti mon téléphone et j'ai commencé à filmer.

— C'est les papas de Jawed et de Rayan qui se battent à cause de la bagarre de ce matin, nous a dit un camarade.

— Waouh... la honte, j'ai fait en continuant de filmer, t'imagines ton père se bat devant l'école, waouh !

J'étais estomaqué. C'est là que le principal, les surveillants qui étaient à la grille et la CPE ont couru entre les enfants qui entouraient la bagarre pour séparer les deux parents. Abdou, le surveillant, a même pris un coup dans la figure et ses lunettes sont tombées par terre. Tout ça je l'ai filmé et j'en ai fait une vidéo que j'ai mise sur Instagram avec la légende : « 9.3. tu peux pas test : chez nous, même les darons, c'est des racailles, ça se bat à la sortie de l'école. Des barres ! » J'avais mis des émojis mort de rire avec les larmes qui sortent des yeux. Le soir j'avais grave des vues et des commentaires, plus que pour aucune autre que j'ai jamais postée. Mais cette vidéo n'eut pas l'heur de plaire à Hortense qui m'a dit en message privé que je devrais la retirer parce que ça donnait pas une bonne image de mon école et de mon quartier. C'était pas faux mais je voyais pas le mal si ce que je montrais était vrai. Elle a pas voulu insister. Une demi-heure après, elle m'a dit qu'elle faisait une soirée chez elle – ses parents n'étaient pas là et sa grande sœur allait faire la fête avec ses amis de son côté. Elle m'a proposé d'inviter Idrissa aussi si je ne voulais pas venir tout seul et me retrouver comme le seul gars de cité chez les bourgeois. Elle a pas dit ça comme ça mais je traduis. Je vous ai dit que j'apprenais le français des richards aussi. La soirée commençait vers dix-huit heures. Je savais pas si je devais dire la vérité aux parents où si je devais broder mais le soir, durant le dîner, j'ai seulement annoncé l'air de rien que samedi, j'avais un anniversaire d'une fille de ma classe à seize heures et que je rentrerais vers vingt heures. C'est pas que je voulais pas leur en parler mais des fois, les trucs importants, on veut prendre son temps avant de les partager avec les autres.

12

Le lendemain matin, je commençais tard et tonton Fulgence avait pris sa matinée au garage. On s'est retrouvés vers neuf heures, dans la cuisine, et alors que je prenais mon petit déjeuner et qu'il s'apprêtait à aller chez le dentiste, je me suis lancé :

— Tonton Fulgence, il faut le dire à Béatrice pour nous, il faut qu'elle sache qui est papa sinon elle le prendra mal si elle l'apprend parce qu'on fait une erreur...

Il s'est arrêté puis a bougé la tête comme pour faire monter la réponse jusqu'à son cerveau.

— Oui fiston, je vais le faire. Tu as raison, il faut juste que je trouve les mots...

13

Quand je suis rentré du foot, ils dansaient tous les deux, comme les frangins qu'ils étaient et jamais je n'aurais pu imaginer que les choses allaient dégénérer si vite. Ils se trémoussaient sur *Ya Mado* qui avait cartonné quelques années avant. Les paroles de cette chanson étaient trop délirantes : elles parlaient d'une femme à qui on devait le respect comme l'indiquait le préfixe *Ya* mais force était de constater qu'elle avait des lourds arguments à faire valoir. « Tout ça, c'est à toi », répétait en lingala le chanteur Fabregas, le Métis noir (il s'appelle lui-même comme ça même s'il n'a rien d'un métis), et ce « tout » qu'il chante avec entrain ne fait pas référence à autre chose qu'aux fesses de la fille, à ladite Ya Mado, et pour donner une idée de l'ambiance du morceau, la chorégraphie de la chanson consistait à casser les hanches et à mettre ses fesses vers l'arrière, en rotation contrôlée. Papa et tonton Fulgence maîtrisaient parfaitement cette technique et Béatrice et son amie assises sur le canapé les regardaient en souriant comme des petites pestes. La musique était jouée sur l'ordi du salon relié en Bluetooth à deux enceintes portatives. Ils avaient mis la vidéo du morceau sur YouTube et ça devait être le compte de tonton Fulgence parce que ça a enchaîné tout de suite avec un vieux morceau de rumba. En matière de musique, il adorait les vieilleries. Ils ont arrêté de danser et sont allés rejoindre Béatrice et son amie. Chez nous, le salon est en quelque sorte « divisé » en deux parties bien distinctes. Quand on ouvre la porte de l'appartement, sur la droite c'est tout de suite le salon dont les portes sont toujours rabattues – sauf quand Béatrice fait de la friture. À gauche, c'est la salle à manger. J'ai pris une chaise de la table de la salle à manger et je suis venu m'asseoir près d'eux. Papa était à ma gauche dans le fauteuil en cuir que tonton Fulgence avait acheté à l'Emmaüs de Pantin. J'étais avec lui ce jour-là. À ma droite, y avait le canapé où était assise Véronique, l'amie de Béatrice. C'était la première fois que je la voyais. Elle était élégante. Très petite, menue, il se dégageait cependant d'elle une grande énergie. Elle regardait Béatrice puis nous regardait avec les yeux grands ouverts et un large sourire. On ne pouvait pas louper ses yeux bleus quand elle vous fixait en dodelinant de la tête, sans qu'on sache si elle bougeait sa tête en accord avec la musique ou si elle cherchait quoi dire et que ce léger mouvement de balancier allait l'aider à se lancer.

— Tu en as de la chance, ma Béa. Ces trois hommes rien que pour toi. T'as bien changé depuis le lycée.

Et elles ont commencé à rigoler aussi bêtement que les filles de ma classe sauf que là c'était Béatrice et une jeune avocate habillée en tailleur et en jupe qui parlait grave bien. Papa a repris une bière et il a proposé de resservir tout le monde. Moi j'ai pris un Coca. Les deux copines ont continué avec leur verre de vin et tonton Fulgence buvait un whisky. Comme ils écoutaient la musique, j'en ai profité l'air de rien pour allumer la télé, en m'assurant de mettre le volume sur mute et en changeant vite de chaîne parce que la télé se rallumait toujours sur TF1 et que papa est le plus grand fan du journal télévisé que je connaisse. On dirait que le con qui parle dans l'écran lui cause directement à lui et que papa est là pour le confondre. Et si le journaliste a le malheur de parler de l'Afrique, alors il devient carrément fou et s'énerve à cause de la mauvaise foi de la presse française et de la mauvaise foi du peuple français qui fait semblant de vraiment croire que la France risque la vie de ses soldats en Afrique pour l'intérêt des Africains. Le présentateur dans la télé : « La France accordera une aide de... » Papa : « Désinformation. Et combien la France va-t-elle récupérer derrière ? On dirait qu'ils ne voient qu'un côté des choses et qu'ils répètent sagement ce que dit l'Élysée. Les journalistes français me font rire. » Comme il était occupé à servir l'amie de Béatrice, j'ai zappé vite fait et j'ai mis le catch. Un des gars venait de soumettre son adversaire au sol et lui mettait les doigts dans les yeux.

— De quoi parle cette chanson, a demandé Véronique.

Papa et tonton Fulgence se sont regardés et tonton Fulgence a commencé :

— Ah... C'est comme toujours dans la rumba congolaise, ça parle d'amour... Ça parle toujours d'amour...

— Oui, a continué papa, ici c'est une femme qui raconte son histoire... Son mari est parti et l'a laissée seule avec les enfants à charge... Elle lui demande de revenir et d'assumer ses responsabilités parce que c'est lui le responsable, le chef de famille, et si lui ne tient pas la route, c'est toute la famille qui s'effondre...

Béatrice et son amie se sont regardées, interloquées.

— Mais pourtant la musique, elle paraît gaie et entraînante, a dit Béatrice...

— Alors que les paroles, voilà le supplice, a repris son amie. Patriarcat à tous les étages, et puis c'est pas la voix d'un homme qu'on entend ?

— Oh c'est Pépé Kallé, a dit tonton Fulgence en rigolant.

C'était une chanson entêtante dont le refrain disait : « Bonne année, bonne année, bonne année yeah yeah », et si je traduis bien la suite : « Certains sont dans la joie, d'autres dans la tristesse. » C'était la voix de baryton sensible et suave de Pépé Kallé : un monstre de la chanson congolaise qui a beaucoup sévi durant les années 1970 à 2000 et surtout l'un des « anciens » préférés de papa et de tonton Fulgence. Un ogre, un géant, un vrai Gargantua dans ses vidéos cheap qu'on peut trouver sur internet. Une sorte de Depardieu noir, au physique excessif. Et toute la magie de sa voix c'est qu'elle sonne comme une évidence. Il chante comme s'il vous parle, avec cette gravité qui impose le respect, il parle tout en bas de sa voix et on se sent agréablement enrobé dedans, comme dans du velours, les graves dans sa voix donnent chaud, comme si les basses propres à son timbre formaient une couette où l'on pouvait s'emmitoufler par les soirs froids de novembre, pour se mettre à l'abri, mais en même temps, dans la chanson qu'on écoutait, on sentait dans les nuances de son interprétation passer toute la détresse de cette femme qui devait bien parler toute seule parce qu'à qui peux-tu dire : « Moi mon mari a pris la poudre d'escampette, il m'a laissé toute la famille à charge... » ?

— Tu as raison ce n'est pas une femme qui chante, a continué papa. C'est Pépé Kallé. Paix à son âme. Les musiciens congolais faisaient beaucoup ça dans le temps des pères fondateurs de la rumba, comme les Kallé, les Rochereau, chanter du point de vue d'une femme...

— Est-ce parce que les femmes ne pouvaient pas chanter ?

— Je ne pense pas, a dit papa. Dans la musique traditionnelle, coutumière, les femmes ont toujours chanté et dansé. C'est plus qu'au départ les musiciens congolais – même si aujourd'hui ils sont plus respectés dans la société quand ils ont réussi et je dis bien quand ils ont réussi, parce qu'avant le succès ça ne reste que des voyous –, au départ, en tout cas, ce n'était vraiment que ça, succès ou pas, la musique, c'était un truc de voyous, de gens considérés comme moins sérieux. À cette époque, qui aurait laissé sa fille fréquenter un artiste de musique populaire ? Ce qui est certain c'est que les artistes congolais ont souvent recours à ce procédé narratif où c'est un homme qui chante mais c'est une femme qui parle... Fulgence... Tu penses qu'on peut trouver *Lezi*... de Franco ?

— Tu peux chercher, *Ya Ya*...

Au Congo, les rapports entre les gens sont très codifiés. Si les rapports avaient été stricts entre papa et tonton Fulgence ou si on avait été au pays, tonton Fulgence aurait appelé mon père *Ya Daniel* et dans ce cas précis, ce titre aurait servi à marquer la déférence et le respect envers un aîné, mais comme d'habitude tonton Fulgence appelait papa par son prénom, ce *Ya Ya* qui ne pouvait se traduire en l'occurrence que comme « grand frère » était forcément ironique et si on poussait un peu, on aurait tout aussi bien pu y entendre, vu le regard appuyé qui soutenait cette réponse : « Je suis chez moi, cher grand frère, et si jamais tu veux écouter *Minuit Eleki Lezi* par Franco, tu peux aussi bien lever tes fesses de mon fauteuil que j'ai acheté chez Emmaüs et aller tout seul faire ta recherche sur l'ordinateur. »

Des deux frères, papa était l'intellectuel, celui qui était allé à l'université, et chez les Congolais, les diplômes sont bien plus que des diplômes, ce sont surtout des titres qui te donnent d'emblée le droit de mépriser quiconque n'en a pas. Il n'y a pas de monsieur et madame au Congo, rien que des citoyens et des citoyennes, mais tous les grands sont des papas et des mamans, ou des *Ya Ya* en puissance. On ne dira jamais monsieur Lumbayi. Ce sera papa Lumbayi. Si papa Lumbayi est ingénieur ce sera monsieur l'ingénieur. Partout où ce monsieur ira, il sera monsieur l'ingénieur et tout ce qu'il fera sera considéré comme fait avec une parfaite ingénierie. Pareil s'il est architecte. Ou avocat. Monsieur l'avocat. Monsieur l'architecte. Au Congo on appelait papa monsieur le directeur. Ou monsieur le professeur. Les enfants du quartier l'appelaient *Papa directeur* et si papa est diplômé en philosophie de l'université de Luluabourg, tonton Fulgence, lui, n'a pas fait d'études et quand ils avaient mon âge, il était considéré comme le débrouillard un peu voyou de la famille, je crois que c'est des trucs qu'ils ont pas réglés... Et ce soir-là, ça se voyait que pour discuter avec quelqu'un comme l'amie de Béatrice, Daniel était plus à l'aise que Fulgence. Peut-être que toute cette tension, c'est moi qui l'invente après coup, parce que papa s'est levé sans aucun signe de vexation et tout en chantant les paroles de la chanson, il est allé droit vers l'ordi pour effectuer sa recherche :

— *Lezi, zala nanu sérieux*... ce qui peut se traduire comme une exhortation – il continuait son explication. C'est donc un homme qui chante mais c'est une femme qui parle. En l'occurrence, elle s'adresse à lui. Il s'appelle Lezi. Quel drôle de prénom, hein ? Et elle lui dit : « Lezi sois donc un peu sérieux. » Et qu'est-ce qu'elle lui reproche ? Vous allez l'entendre.

Et la musique retentit. Une guitare seule qui fait des arabesques puis le groupe suit et le chanteur entre :

Lezi... mama
na lali ka na canapé makanisi
Minuit e ko beta
Minuit e ko beta
Ngonga ya bolingo e leki
E komi ngonga ya ba ndoto Lezi...

Papa s'arrêtait, écoutait la chanson et traduisait sous le regard amusé de l'amie de Béatrice. Il racontait l'histoire d'une femme. Seule chez elle, la nuit, allongée sur son canapé, qui attend son mari… qui ne rentre pas. L'heure passe. Elle a lu des romans, s'est occupée comme elle pouvait mais elle s'ennuie. « Minuit sonne ! L'heure des amours est passée. C'est désormais l'heure des songes. » Plus loin, elle se fait des reproches : « Tout ça, c'est de ma faute. On m'a mal fabriquée, quand j'aime beaucoup un homme, je n'arrive pas à me fâcher contre lui ni à faire sortir la colère… » Avant de reprendre sa complainte : « J'ai fermé le portail, j'ai éteint la lumière, minuit est passé… » On ne savait dire si l'amie de Béatrice était ennuyée et qu'elle écoutait par politesse ou si elle était vraiment intéressée.

— Oh merci Daniel, a-t-elle dit quand papa s'est arrêté de traduire au bout de deux minutes le morceau qui en dure bien sept. Merci pour ce petit cours de lingala. C'est vraiment intéressant. Ça fait voyager… cette musique et toutes les histoires derrière.

Dans la télé, le catch venait de finir. Une émission sur les camions aux États-Unis a commencé alors j'ai mis la chaîne Trace Africa. C'était une vidéo de Davido, j'ai mis le volume et là, Béatrice et son amie se sont levées et ont commencé à danser et à rigoler. Béatrice faisait semblant de twerker devant tonton Fulgence qui lui était trop gêné et alors la copine de Béatrice s'est mise à twerker aussi devant papa et puis elles se sont regardées et sont tombées dans les bras l'une de l'autre en rigolant comme deux petites filles vicieuses.

— Bon, a dit tonton Fulgence en se levant d'un bond et en les toisant un peu. Et si on mangeait maintenant ? J'ai peur que si on continue à boire, vous allez commencer à vous déshabiller carrément... Et puis nous sortons avec Daniel.

— D'ailleurs, a dit Véronique, si vous pouviez me déposer à n'importe quelle porte... Après, je prendrai le métro...

— Bien sûr Véronique, a répondu papa comme si c'est lui qui conduisait. Aucun problème.

Après le repas, je suis allé dans ma chambre, écouter ma musique et glander sur Instagram et Snapchat. J'ai entendu quand ils sont partis. Papa était entré plusieurs fois dans ma chambre quand il se préparait. La dernière fois il m'a demandé comment il était. J'ai rigolé et je lui ai dit :

— T'es BG, papa.

— BG, c'est quoi encore ça ?

Moi dans ma tête j'étais mort, genre c'est vraiment un blédard.

— BG, c'est beau gosse, papa.

— Ça je sais ça. C'est pas ça que je te demande. C'est ma tenue. La tenue, ça va ? Le pantalon, ça va ? Les chaussures, ça va ? Tu as vu les chaussettes ?

— Ah papa c'est plus drôle. Oui tout va très bien.

Et c'est vrai que je me disais que j'aurais de la chance plus tard si je pouvais dégager la même chose qu'il dégageait ce soir-là. Un homme sûr de lui mais sans prétention. Et sa tenue était sobre en plus. Pas comme on a l'habitude d'imaginer les Congolais habillés avec des habits d'avant-garde et des couleurs pas possibles.

— Bonne nuit fiston, a-t-il dit avant de partir. Nous, on va faire la fête *na kati ya Panama*.

Ils ont dit au revoir. La porte a claqué. Leurs pas et leurs voix se sont perdus dans l'escalier. Béatrice a tourné la clef à deux tours dans la serrure puis elle est venue frapper à ma porte.

— Coucou. Bobo, viens on se regarde une série...

— Oh Béatrice... je sais pas...

— On a de la glace aussi...

Elle savait me prendre par les sentiments. On s'est mis sous le grand plaid et on a regardé des anciens épisodes de *Sex in the City*. Et à chaque fois qu'un des personnages féminins rencontrait un nouveau mec, Béatrice me disait :

— Ne deviens pas comme ça... plus tard... mon Bobo... Ne deviens pas comme ça. Une femme n'est pas un objet.

À un moment j'ai essayé :

— Béatrice...

— Oui...

— Euh... Le caramel beurre salé... C'est mieux que la glace caramel vanille, tu trouves pas ?

— Euh... je sais pas.

Je n'y suis pas arrivé et je me dis que si j'avais eu le courage de lui dire, les choses auraient pu mieux tourner mais ça sert à rien de penser comme ça. Je sais. Je me suis endormi devant la télé et c'est elle qui m'a réveillé un peu après minuit et raccompagné jusqu'à mon lit.

14

Quand je me suis réveillé papa n'était pas là. Il n'avait pas dormi sur le matelas qui était resté à sa place de jour, là où il le rangeait, à droite de mon bureau, à côté du chauffage, plié en deux et maintenu serré par un gros fil extensible, pour libérer de l'espace dans la journée. J'ai pensé qu'il devait dormir dans le salon mais il n'y avait encore personne de réveillé dans la maison. J'ai pris un paquet de céréales, un pack de lait, un bol et une cuillère et je me suis posé devant la télé. C'est Béatrice qui est arrivée en deuxième. Les cheveux ébouriffés, en peignoir et en pyjama, les yeux pas complètement ouverts mais un peu gonflés. Elle s'étirait encore quand elle est entrée dans le salon.

— Où sont mes chaussons ? a-t-elle grogné.

« Suis-je le gardien de tes chaussons », ai-je tout de suite pensé. Mais j'étais sûr qu'elle ne percevrait pas la référence religieuse. Elle détestait la religion et tout ce qui avait à voir avec les « bondieuseries » comme elle disait – alors que pour les Congolais, je veux dire de manière générale, au bled et même dans les communautés congolaises du monde entier, il faut être fou et hors de son bon sens pour se dire athée ; la religion est le seul socle commun sur lequel se fonde l'ordre apparent de la société et tous les hypocrites et autres pasteurs évangéliques le savent, qui sont des virtuoses dans l'art de jouer du pipeau. L'important n'est pas tant de croire mais en parole de sembler croire, ce qui signifie que quelqu'un de normal au sens du « plus commun possible » au Congo est croyant, alors qu'en France quelqu'un de normal et digne de confiance est – en gros – un incroyant ou quelqu'un d'indifférent à la religion, bref ça revient un peu à dire qu'être athée en France revient à être croyant au Congo. Mais comme j'étais tout aussi certain qu'elle percevrait l'insolence d'une telle réponse, j'ai jeté alors un coup d'œil rapide dans le salon et vu ses chaussons roses sous la table basse. La moumoute derrière les talons dépassait légèrement. Elle avait dû les laisser là quand elle m'avait raccompagné jusqu'à mon lit.

Elle a poussé la table basse d'un coup de mollet, s'est chaussée, puis s'est dirigée vers la cuisine où elle a d'abord allumé la radio, sur France Inter, j'imagine. Elle n'écoutait que cette station de radio de toute façon. On aurait dit que c'était ses parents ces gens-là. À tout moment, c'était des : « Il faut regarder ce film, ils disent que c'est vachement bien sur France Inter. » Ça pouvait être un film, un documentaire ou autre chose mais dans sa bouche, c'était comme si tout ce qui se disait sur France Inter était parole d'Évangile. Tonton Fulgence lui a dit ça, un soir qu'elle voulait qu'on regarde un film sur Arte alors que nous, on préférait mater *Bad Boys 2* sur TF1.

— Ils disent que c'est vachement bien...

— ... Sur France Inter, l'a-t-on coupée par des cris, avec tonton Fulgence, avant de bien rigoler.

Elle est devenue toute rouge. C'est pas très sympa mais c'était trop marrant de la voir rager à l'intérieur alors qu'elle faisait tout pour cacher qu'elle était en colère. Elle est allée dans leur chambre sans rien dire et nous a laissés kiffer Will Smith et Martin Lawrence pépère sur le grand écran du salon, alors qu'elle regardait son film conseillé par je sais pas qui sur une tablette numérique. Personne n'était perdant en fin de compte. Ce soir-là résume en quelque sorte notre quotidien avant que papa n'arrive – des petites tensions puis tout rentrait vite dans l'ordre –, mais ce n'est plus qu'un souvenir maintenant. Je me demande parfois où disparaissent tous ces beaux instants de nos vies. Est-ce qu'à l'intérieur du cerveau, il y a une boîte où vont automatiquement tous les souvenirs heureux ? Peut-être que ce n'est pas dans le cerveau d'ailleurs, plutôt dans le cœur, je pense. C'est ça, tous les bons moments vont se réfugier, loin des portes de l'oubli, dans notre cœur pour nous donner du courage. Je trouve que c'est une belle idée. Et c'est pas grave si c'est faux. Les idées sont là pour nous aider à vivre. On peut donc dire que les mauvais souvenirs vont dans la tête, ça c'est sûr, direct dans le cerveau, alors que les joies vont dans le cœur. C'est pour ça que les gens tristes réfléchissent tout le temps. Ils sont en train de broyer du noir parce que leur cœur n'a pas assez de joie pour faire chauffer le feu de la vie et donner de l'énergie au corps. Ce sont des locomotives sans charbon. Et comme ils sont déprimés, ils veulent que tout le monde déprime avec eux et ils disent que la vie c'est nul, que tout est illusion. C'est pour ça qu'ils sont tout ramollos alors que les gens heureux sont plus actifs parce que leur feu intérieur est sans cesse alimenté par la certitude que le bonheur existe même si on peut traverser des tempêtes. Ma vie peut paraître compliquée mais je vous assure que je suis heureux parce que je l'ai déjà été et parce que je me dis, à chaque fois qu'il m'arrive un truc difficile, que j'ai déjà traversé pire. Mais alors, où sont ces moments heureux que j'ai vécus à Kinshasa avec mon père quand on allait à Kinkolé, au bord du fleuve Congo, manger du poisson frais qui venait tout juste d'être pêché et préparé en *maboke,* c'est-à-dire en papillotes (mais au lieu de le cuire au four dans de l'aluminium, on met le poisson avec des légumes et des épices dans des feuilles de palme sur de la braise) ? Où sont ces moments où j'étais malade et où mon père me portait sur son épaule tout le long du chemin jusqu'au dispensaire et qu'il me veillait la nuit quand je faisais des crises d'asthme ? Où sont ces jours où l'on grimpait aux arbres pour attraper des mangues avec mes camarades du quartier après avoir joué au foot sous le soleil, tout un après-midi, avec un ballon presque dégonflé, est-ce que ces moments ont même existé ? Je les sens en moi mais je ne peux ni les voir, ni les toucher. Je ne peux que ressentir l'écho des sensations et des sentiments que j'avais éprouvés alors et l'écho est plus ou moins fort selon les circonstances. J'aimerais parfois, quand je suis triste ou que la vie me déçoit, prendre un de ces moments et pouvoir le revivre pleinement, en immersion, pour retrouver de la force et de l'espoir. Mais ce n'est pas possible. Cette soirée où l'on a regardé *Bad Boys 2* avec tonton Fulgence, dans le salon, est numérotée à jamais dans l'espace-temps, et plus le temps passe, et plus elle s'éloigne de nous et plus nous nous éloignons de ce que nous étions. Et pourtant ça me fait encore rire rien que d'y penser, et je suis sûr que dans vingt ans j'en rigolerai encore... C'est drôle, notre vie avec papa me paraît tellement la routine aujourd'hui que j'en oublie qu'on a vécu pendant bien plus longtemps seulement tous les trois et cela me paraissait aussi évident que ma vie avec papa à Kinshasa. Comme si les choses ne pouvaient en être autrement. Pourtant, on était trois et maintenant nous sommes quatre ! Qui sait combien on sera demain ?

Il y a des choses qu'on fait maintenant qui sont en train de fabriquer notre futur et pourtant, on a aucune idée de ce que l'avenir nous réserve. C'est un peu inquiétant la vie quand même !

Où en étais-je ?

Ouais.

Béatrice était dans la cuisine d'où une forte odeur de café s'invita bientôt jusque dans le salon. Après avoir pris son petit déjeuner, elle m'a rejoint avec un mug rempli de café bien noir et on a continué la saison 3 de *Sex in the City*. Quelques minutes après, tonton Fulgence a fait son apparition, en T-shirt et bas de jogging, avec une tête toute chiffonnée et son début d'afro complètement écrasé par endroits. Il bâillait à s'en décrocher la mâchoire. Il avançait avec peine, la main droite sur l'arrière du crâne, avec un rictus de douleur sur le visage.

— J'ai mal au crâne...

Béatrice lui a répondu du tac au tac :

— C'était vraiment pas la peine de le préciser, on avait compris !

— Merci ma chérie... toujours aussi douce et agréable le matin, a-t-il dit en avançant vers elle, la bouche en cul-de-poule, les bras ouverts alors qu'elle fuyait ses embrassades.

— Non, non Fulgence.

Mais il a continué à l'enlacer sans lui laisser le choix et elle n'avait vraiment peur que de renverser le café de son mug. Comme il a fini par s'en rendre compte, il s'est arrêté net et s'est assis à ses côtés tout en gardant un bras par-dessus son épaule, mais là, elle ne se débattait plus. On est restés calmes tous les trois assis sur le canapé jusqu'à ce qu'une scène olé olé commence. L'actrice jouait avec le sexe de son partenaire. Le plan s'arrêtait au niveau de la taille des comédiens mais tout le monde pouvait comprendre ce qu'elle fabriquait avec ses mains en dessous du cadre.

— Ça ne te dérange pas de regarder ça avec Boris ?

— Qu'est-ce qui devrait me déranger ? Deux adultes consentants qui font l'amour ?

— Chez nous, ça ne se fait pas...

Je sentais qu'ils allaient avoir une de leurs continuelles oppositions d'ordre culturel. J'aimais les observer dans ces moments-là parce que ça confirmait mes théories. Ils pouvaient se disputer pendant une demi-heure parce qu'ils n'arrivaient pas à accepter que sur certains sujets, personne n'avait vraiment raison. Personne n'a raison dans l'absolu. Je cite mon prof de français. Sur le terrain argumentatif, on n'est pas sur le terrain scientifique où les choses se prouvent par A + B. On ne peut que défendre son point de vue et l'éducation est forcément un de ces sujets où il n'y a pas de vérité absolue. Je suis qu'un gamin, j'ai pas la solution miracle pour faire fonctionner un couple mixte mais ce que je sais, c'est que s'énerver et crier en disant que mon peuple a mieux compris les choses de la vie que le tien c'est comme être face à face et se disputer à propos d'où se trouvent la droite et la gauche.

J'aurais pu quitter la pièce et mettre fin à leur embrouille. Ça m'arrivait de le faire. Mais en même temps, je me disais qu'*ils* étaient les adultes et qu'après tout, j'étais chez moi aussi et c'est moi qui étais arrivé en premier dans le salon, alors non. J'ai essayé de me faire tout petit quand même et fait semblant de ne rien entendre et de ne rien voir.

— Chez vous... chez vous..., criait Béatrice en se tournant vers tonton Fulgence avec un air de défi, chez vous où les couples n'ont pas moins de cinq enfants et tu crois que Boris sait pas comment on les fait...

— Laisse tomber Béatrice!

Il a coupé court à la dispute en changeant de chaîne.

Béatrice s'est levée d'un bond et s'est mise devant lui. Elle essayait de lui reprendre la télécommande des mains. À la voir, on aurait dit que c'était un scandale ce que tonton Fulgence venait de faire. Quand il en a eu assez de son petit manège, il l'a ramenée de force vers lui et l'a fait asseoir sur ses cuisses. Il la tenait collée contre lui avec son bras gauche autour de la taille tandis qu'il gardait la télécommande dans sa main droite, bras tendu, tout à l'opposé de Béatrice qui continuait à se débattre pour essayer de l'attraper. Ils se disputaient vraiment comme deux gamins.

— Ça c'est vrai que depuis que ton frère est arrivé, on te reconnaît plus, a-t-elle dit en continuant à gigoter. Pas vrai Bobo? Depuis que Daniel est arrivé, on sait même plus si c'est lui ton père ou si c'est ton oncle ! D'ailleurs, il est où Daniel ? Pourquoi l'as-tu laissé avec ma copine ? J'espère bien qu'il a compris qu'elle est fiancée et qu'il n'a rien essayé. Vincent est avocat d'ailleurs, donc je vois pas ce qui la pousserait dans les bras d'un sans-papiers ?

Tonton Fulgence a retiré son bras et Béatrice s'est rassise à côté de lui. Il a reposé la télécommande sur la table basse, puis se penchant en avant, il a passé ses mains sur son front et ses cheveux.

— Je ne sais pas.

Il avait une expression que je ne lui avais jamais vue. Comme s'il n'était pas avec nous mais complètement à l'intérieur de sa tête, tout au fond, retranché dans ses pensées. Il fixait le vide avec un regard où ne passait aucune émotion.

— J'étais déjà fatigué de la semaine en partant d'ici à vingt-trois heures. Quand on est arrivés à la porte de Bagnolet, Véronique a décidé de venir avec nous en boîte. Nous, on avait récupéré Oumar à Bobigny, le pote de Daniel, celui qu'on avait rencontré à la tour Eiffel. Mais une fois dans la boîte, je n'avais pas ne serait-ce que l'énergie même de boire... malgré une bouteille de champagne et la bouteille de whisky qu'on avait à notre table. Vers deux heures, j'ai voulu partir mais c'est ton amie qui a insisté pour que Daniel reste. Elle m'a dit de ne pas m'inquiéter. Qu'elle voulait qu'il rencontre Vincent justement et qu'ils trouveraient un moyen de me ramener mon frère entier à la maison. Et Daniel, derrière ces airs d'intellectuel, c'est un vrai fêtard donc il ne s'est pas fait prier. Il fallait le voir sur la piste, hier. Paris était à lui.

15

Quand je suis sorti pour retrouver Idrissa, papa n'était toujours pas rentré. J'ai seulement dit à Béatrice que j'allais à l'anniversaire d'une fille de ma classe, sous-entendu à Bondy. Tonton Fulgence était sorti jouer aux courses au bar près du Monoprix. J'avais donné rendez-vous à Idrissa devant le petit parc pas loin du parking de la mairie et quand je suis arrivé, il était en compagnie de deux grands de sa cité qui fumaient un joint assis sur un banc. Un des deux grands avait la réputation d'être un boss même s'il n'avait aucunement l'air menaçant comme ça, assis à côté d'un bac à sable et d'une balançoire. Je ne connaissais pas les détails mais tout le monde savait qu'il avait fait quelques trucs de fou et que le système carcéral n'avait plus aucun secret pour lui. L'autre gars c'était le grand frère de Chahinez, une fille de ma classe. Ils avaient au moins vingt ans de différence mais il vivait encore chez ses parents. Lui, je le connais depuis l'école primaire parce qu'il venait chercher sa sœur à la sortie de l'école. C'était pas vraiment mon genre de compagnie mais Idrissa n'était nullement impressionné et leur causait comme il parlait avec nous au collège. Il jouait avec le système d'ouverture et de fermeture de son couteau à cran d'arrêt devant eux qui lui faisaient signe de faire attention. À un moment celui que j'appellerai le « repris de justice » s'est levé :

— Fais attention, il a dit en écartant le bras d'Idrissa avec un geste de colère.

Mais Idrissa ça lui a fait ni chaud ni froid et il a recommencé. On est restés à parler cinq minutes avec eux et il a pas pu s'empêcher de se la raconter :

— Les anciens, vous voyez Boris comme ça, on dirait c'est un gars calme... On dirait il est timide pas vrai ? Mais le gars c'est un attaquant de pointe, je te raconte pas. Le frère est tout-terrain... il sait même te dribbler des meufs dans un musée... Si je te dis que ce soir, on va pour un plan... chez des bourgeoises du XVIIIe...

— Non, c'est pas le XVIIIe, j'ai dit, c'est le XVIe...

Les autres ont commencé à rire sur leur banc :

— Idrissa... toujours la grande gueule, a dit celui qu'avait un casier judiciaire long comme le bras. Il veut faire l'intéressant même quand il maîtrise pas le dossier...

— Non ! Sérieux ? XVIe, XVIIIe, XXIIe, on s'en fout... le truc, c'est qu'on va dans une soirée chez des bourgeoises pétées de tunes et que lui a un plan avec la maîtresse de maison, et moi, j'ai un plan avec le gros lot, s'il vous plaît messieurs, une de ces petites métisses, *Mélissa métisse d'Ibiza* – il s'était mis à chanter –... tout ça parce que le petit Boris que vous avez devant vous a réussi à pécho le *number* d'une petite bourgeoise, comme ça, tout seul, dans une allée du musée d'Orsay remplie de monde s'il vous plaît, dans une action individuelle de génie, digne des plus grands : Ronaldo, Messi... non Boris, c'est mon gars sûr !

Les deux grands se sont mis alors à me regarder comme à la recherche de ce qui me valait tant d'éloges et moi, je me suis vite senti mal à l'aise d'être scruté ainsi parce qu'ils ne disaient rien. C'est Hamid, le grand frère de Chahinez, qui a fini par rompre le silence. Il m'a passé le joint, que j'ai décliné. Je l'ai filé à Idrissa qui en a tiré quelques lattes.

— Et toi, tu vas pour la première fois chez une meuf à Paname et c'est lui que tu choisis comme *wingman* ?

— C'est quoi un *wingman* ?

— Un partenaire, mon gars. Un soss. Un gars sûr. Un *srab*. Un associé ! C'est lui que tu choisis comme *sparring partner* ?

— Bah, elle l'a invité aussi, je lui ai dit, un peu gêné de me justifier. Elle m'a dit de ramener un pote pour que je sois pas seul au milieu de ses amis. Et comme il était là au musée quand elle m'a filé son snap... et qu'on avait rigolé tous ensemble, je pense que c'est cool.

— Mais oui quand on a chambré le petit blanc-bec là ! On y va, a dit Idrissa en refilant le joint au repris de justice. On va laisser les anciens galérer sur leur banc. La nouvelle génération arrive, et elle s'en bat les couilles. On va s'en mettre plein les fouilles, on vous met la douille !

Il avait rappé ses dernières phrases en tenant son cran d'arrêt refermé comme un micro.

— À plus tard les galériens, a-t-il dit en leur faisant des signes de la main, je vous envoie une vidéo si elle me suce la bite.

Il n'y avait rien qu'Idrissa aimait plus que la provocation gratuite et rire de ses propres blagues.

— Ouais ! Fais attention Boris, a crié Hamid alors

qu'on sortait déjà du square. Ton *sparring partner* est borderline. Y a des milieux où ça passe pas.

Et ils ont commencé à rigoler entre eux.

— Pourquoi ils disent ça?

— Qu'est-ce j'en sais, moi, a répondu Idrissa en rangeant son cran d'arrêt dans la poche de son pantalon. Parce qu'ils sont cons, peut-être? Ou jaloux de la soirée qu'on va passer alors qu'eux, au mieux, ils vont finir au bois de Boubou?

J'enviais souvent l'assurance de mon pote. Comment faisait-il pour savoir qu'il avait toujours raison, quoi qu'il dise ou quoi qu'il fasse? Ce que je prenais pour de l'assurance n'était que de la bêtise mais comme toutes les leçons, on ne peut les apprendre qu'à ses dépens avant d'en faire un atout. J'allais au-devant de ma leçon, le cœur sur la main, la fleur au fusil, comme les gueules cassées de nos cours d'histoire. Sur le chemin de la gare, on parlait championnat et mercato d'hiver mais j'étais pas dedans. Je commençais à flipper parce que c'était super loin, chez Hortense, et qu'il fallait vraiment y aller. Ce n'était plus une vague suggestion qui flotte dans l'air. Il fallait vraiment le faire et prendre le RER avant deux changements de métro et je pensais à papa, aussi, qui n'était pas rentré, quand en face de nous, au loin, j'ai cru reconnaître sa silhouette. En avançant encore un peu, il n'y avait plus de doute possible. Qu'est-ce qu'il faisait là? J'ai essayé de me composer un visage innocent.

— Bonjour tonton, j'ai crié en lui faisant un signe de la main, alors qu'il était encore bien loin.

Il ne savait pas qu'Idrissa savait et c'était plus simple de rester dans le personnage de toute façon. Sinon, on n'y arrive plus. On est tout le temps obligé de penser qui sait, qui ne sait pas. C'est relou.

— Bonjour fiston, a-t-il dit. Je rentre à la maison avec de bonnes espérances. J'ai dormi chez mon ami à Bobigny...

— Mais pourquoi tu viens de la gare alors ?

— Je suis passé chez le chinois près de la gare.

Il avait un sac en plastique rose dans la main. Il m'a montré les bananes plantains qu'il venait d'acheter, bien mûres, jaunes avec des taches noires par endroits.

— J'ai pu rencontrer le copain de Véronique, Vincent. C'est un avocat très brillant, un garçon qui n'a pas peur de tenter des choses nouvelles. Il pense que mon cas est intéressant et il pense que... Bon... ce n'est pas le moment, a-t-il dit en regardant Idrissa comme si ça le gênait de parler davantage devant lui.

Je n'ai pas bien compris ce qu'il me racontait mais on était à la bourre, notre train allait arriver dans les cinq minutes et je savais pas comment lui dire qu'on était pressés sans lui faire comprendre qu'on allait prendre le RER. Il a dû le sentir.

— ... Mais où vous allez comme ça, a-t-il fini par demander. Vous allez prendre le train ?

— Non, non. On va juste à la gare pour récupérer un ami d'Idrissa qui vient à l'anniversaire avec nous. C'est un gars de Champigny et comme il connaît pas très bien Bondy, on fait un petit détour pour le chercher.

— OK... très bien, amusez-vous bien. Ça fait du bien de s'amuser un petit peu. Tu seras rentré vers quelle heure ?

— Je sais pas, vingt-deux heures trente, vingt-trois heures ?

Dans ma tête, dans le conciliabule avec moi-même, j'avais convenu que ce serait minuit au pire. Ça nous laissait le temps de profiter de la soirée qu'on devrait forcément quitter plus tôt que tous les autres invités et ça ne représentait qu'une heure de retard sur l'horaire annoncé. À la congolaise, ça passe.

Il a repris son chemin et nous avons continué vers la gare en pressant le pas.

— Tu me fais peur Boris ! Comment tu sais bien inventer des mythos... « Le pote d'Idrissa », comme par hasard, et je suis sûr que t'avais déjà le prénom s'il l'avait demandé... Champigny et tout le tralala en cinq secondes.

— Qu'est-ce tu voulais que je lui dise ?

— Rien mais c'est vrai que tu sais bien inventer des disquettes, vite fait quoi...

On a fait un bout de chemin sans rien dire puis il a repris :

— Ton père au bled, il était dans l'armée ou quoi ?

— Non, je crois pas. Pourquoi ?

— Parce qu'il a toujours l'air de donner des ordres quand il parle.

— Ah ça, je pense que c'est parce qu'il était directeur d'école là-bas. Tu sais tout le monde l'écoutait...

— S'il savait comment ça se passe ici il ferait une crise cardiaque. Tu te rappelles quand Mouloud a dit « va te faire enculer ! » au principal ?

— Et que l'autre a dit : « Le règlement intérieur réprouve

ce genre de comportements... » Après tout le monde se marrait ! Et lui, il nous regardait genre : « Pourquoi vous rigolez, vous ? » Comme si un élève qui dit à un adulte « va te faire enculer » en a encore quelque chose à faire du règlement intérieur !

*

Dans le premier métro, on s'est assis l'un à côté de l'autre. On a commencé à improviser un jeu stupide. La règle était simple : on balançait une note dès qu'une fille faisait quelque chose. Le métro s'arrêtait, une dame rentrait, et l'on criait une note. C'était marrant parce que c'était pas la même note et surtout les gens avaient tous un regard de surprise et d'incompréhension. On restait calmes puis une dame toussait et on criait notre note mais le plus drôle, c'est quand une nana s'est levée pour se placer devant les portes alors que le métro ralentissait et qu'on a crié tous les deux « 4 », avant de bien rigoler mais la fille, une Asiatique avec une frange et des lunettes, s'est tournée vers nous.

— Qu'est-ce qu'il y a, a-t-elle osé malgré la distance qui nous séparait d'elle.

— Bah, y a rien mademoiselle, a dit Idrissa en prenant une voix d'enfant sage. Nous passons une excellente journée, et vous ?

Elle est sortie après nous avoir lancé un regard noir et on a repris nos conneries. On faisait des commentaires forts en disant le maximum de gros mots pour mettre les gens mal à l'aise. On attirait les regards en les fixant et en leur faisant des grimaces subites. Mais autant faire des guili-guili à un paraplégique. Ils étaient pas trop réactifs, les gens. Certains faisaient un petit sourire, genre je rentre dans votre délire les gars, mais le plus souvent, ils restaient impassibles, genre je t'ai pas vu, ou ils secouaient la tête pour montrer leur désapprobation face à ce comportement immature. Et puis il y en avait d'autres, ils étaient carrément en phase terminale de leur vie de robot. Ils avaient l'air d'être là sans être là et en fin de compte, à part nous, on entendait quasiment personne. Au bout de je sais pas combien de stations, on est descendus pour prendre une deuxième ligne de métro et après quelques stations, c'était plus du tout les mêmes gens qu'il y avait dans la rame avec nous et ça nous a bien calmés. Les gens se tenaient plus droits. Ils nous regardaient de haut. Les femmes étaient plus « soignées », plus sophistiquées aussi mais plus sévères dans l'ensemble, on sentait tous les deux qu'il y avait plus de froideur ici et que notre petit numéro de tout à l'heure, on n'aurait jamais osé le faire là et d'ailleurs même quand une bande de jeunes est entrée, on a voulu recommencer mais on voyait bien qu'ils faisaient tout pour éviter toute connexion avec nous. C'était un groupe de deux nanas et un mec. Idrissa a commencé à faire des signaux à une des filles mais ils ont fini par se lever pour aller s'asseoir plus loin. C'était froid. On était soit trop visibles, soit invisibles. Ça m'a filé un mauvais pressentiment. Si on ne rencontrait que des gens comme ça à cette soirée ? J'ai voulu dire à Idrissa qu'on rentre mais il était déjà trop chaud. Il venait de me raconter un rêve éveillé où lui et la métisse (c'est comme ça qu'il appelait Vanessa) sortaient ensemble et se mariaient et qu'après, il allait travailler dans la boîte de son père parce que je ne sais comment, ni pourquoi, il avait imaginé que le père de sa future « promise » était chef d'entreprise, alors je n'avais plus vraiment le choix, j'allais pas lui refuser l'opportunité de réaliser son rêve et même si j'avais voulu changer d'avis, il aurait tellement insisté et je savais avec certitude que je n'avais pas toute l'énergie nécessaire pour le convaincre de rentrer et tenir bon. Je pense aussi qu'il avait honte de devoir faire un compte rendu négatif aux grands devant qui il venait de se la raconter.

*

L'ascenseur nous a déposés au troisième étage mais surprise, une fois à l'arrêt, il ne s'ouvrait pas sur le palier mais directement dans un appartement, tout en zigzag, dont la profondeur et la richesse des détails étaient assez troublantes pour mon pote et moi. Tout au fond, peut-être à quatre-vingts mètres, une grande baie vitrée avec terrasse donnait sur la tour Eiffel illuminée au loin.

— Waouh, téma-moi ça, m'a chuchoté Idrissa dans l'oreille. Il fait tout l'étage leur appart.

— C'est bien ça mon pote, ai-je répondu le plus doucement possible, tout en cherchant Hortense du regard parmi tous les Blancs qu'il y avait.

Je faisais tout ça bien sûr en ayant l'air à l'aise et sympathique parce qu'on sait par principe que ces gens-là ont peur de nous.

Il y avait trois groupes : un groupe de trois filles à gauche dans la cuisine, un autre où ça jouait aux cartes autour d'une table dans l'espace qui devait représenter la salle à manger et tout au fond dans une grande salle de séjour, un autre groupe qui matait des vidéos musicales.

On est d'abord restés dans l'entrée comme deux idiots. Je cherchais Hortense désespérément quand un garçon s'est levé de la table où ça jouait aux cartes et s'est approché de nous.

— C'est le mec qu'on avait bousculé au musée, m'a chuchoté Idrissa.

Il en avait une de ces mémoires, lui. Je ne l'avais pas reconnu pour ma part mais oui, c'était bien le blondinet, aux yeux bleus, qu'on avait chahuté un peu plus que les autres quand il avait essayé de jouer les rebelles et qu'Hortense et Vanessa étaient venues protéger. La dernière fois ça se passait en terrain neutre mais là, on jouait à l'extérieur alors que lui était à domicile. On était dans son quartier avec ses potes. On allait voir comment il allait la jouer.

— Oh mes charmants amis du musée d'Orsay... Comment allez-vous ?

Et il nous a tendu le poing à tour de rôle pour un salut poing contre poing.

— C'est cool que vous soyez venus. D'habitude, c'est toujours les mêmes têtes qu'on voit. Allez, donnez-moi vos manteaux.

Il a pris nos manteaux et les a déposés tant bien que mal sur un fauteuil à droite de l'entrée, près d'un piano à queue, puis on l'a suivi dans la cuisine où les trois filles qui discutaient là (parmi elles, il y avait les deux filles qui étaient avec Hortense dans ce café italien où je l'avais rejointe la première fois, vers République) n'ont pas prêté la moindre attention à nous et ont poursuivi leur conversation alors qu'on se faufilait entre elles derrière Bastien – c'était son prénom.

— Vous voulez boire quoi, a-t-il demandé après avoir ouvert le frigo. Après tout, vous êtes des grands garçons, je vous laisse vous servir.

J'ai pris un Coca et Idrissa un Orangina.

— Il y a de l'alcool aussi, si vous voulez.

— Peut-être après, quand la soirée aura démarré, a dit Idrissa alors qu'il ne buvait pas.

J'ai demandé :

— Elle est où Hortense ?

— Je pense qu'elle est dans sa chambre, a répondu Bastien.

— Et sa pote, la métisse ? a demandé Idrissa.

— Vanessa ? Je pense qu'elles sont ensemble dans la chambre d'Hortense. Elles vont arriver. Si vous voulez, je peux vous présenter les autres, en attendant.

Et il nous a fait faire le tour des gens qui étaient là et en gros, à part Édouard qui était le cousin d'Hortense et dont je vais être amené à reparler et les deux meufs qui habitaient vers le Marais, ils étaient tous soit dans la même classe soit dans le même collège, soit du quartier. Bref, ils se connaissaient tous très bien et ont tous été sympathiques et cordiaux une fois qu'on nous a présentés, même les deux filles qui avaient semblé ne pas me reconnaître quand nous étions en train de nous servir à boire dans la cuisine.

— On s'est déjà vus, je leur ai dit. Pas loin du Marais.

Et subitement, leur mémoire est revenue :

— Mais oui, le philosophe... tout le monde ne parle pas la même langue...

Et là du coup, elles étaient toutes gentilles et souriantes. Quelles connasses, je me suis dit.

Après avoir fait le tour des invités, on a d'abord suivi Bastien avec qui le contact était plus naturel et plus simple et on s'est posés avec le groupe qui jouait aux cartes. Idrissa était entré dans le jeu mais moi, j'étais à côté d'eux, nullement impliqué, et je scrollais sur mon téléphone quand Vanessa et Hortense sont arrivées, déguisées en personnages de manga à couettes et à jupe à carreaux rouges et noirs, toutes les deux avec une chemise blanche nouée au-dessus de la taille, révélant leur nombril. Idrissa était mort de rire; plus que les autres mais lui c'était un fan de manga et ils ont commencé à en parler tous et moi, j'étais out, hors jeu, je m'en foutais des mangas, je savais pas quoi dire. J'en suis venu à me demander si Hortense m'avait vu ou pas mais elle a fini par laisser Vanessa et Idrissa qui parlaient tous les deux pour me rejoindre.

— Monseigneur du bois de Bondy a daigné venir jusqu'au XVIe arrondissement. Mais qu'est-ce qui vous conduit si loin de vos terres?

— Je ne sais pas, ai-je dit en passant mon bras autour de sa taille pour la ramener vers moi. En vrai, c'est un secret. Je peux te le dire mais il faut que tu promettes de ne le répéter à personne même sous la torture. Je viens préparer un exposé sur les ghettos de riches. Ces pauvres gens obligés de vivre dans un monde parallèle, coupés de la réalité quotidienne de la majorité des Français.

Elle a pris un air offusqué.

— C'est comme ça que tu me vois, a-t-elle dit en déviant sa bouche du bisou que j'y dirigeais et qui s'est échoué sur sa joue.

Un moment, j'ai vraiment cru qu'elle faisait la gueule, mais c'était seulement pour me faire marcher. Elle m'a attrapé par la main et je me suis laissé guider. Elle a ouvert une porte en passant à droite du salon, puis je l'ai suivie dans un couloir, jusqu'à sa chambre, qui devait faire deux fois la taille de la mienne. Je voyais enfin l'endroit d'où elle m'envoyait ses selfies avec la tour Eiffel en arrière-plan. On est restés là à parler, à s'embrasser et à rigoler pendant plus d'une heure. Toutes mes craintes et appréhensions avaient disparu. Je savourais d'avoir une nana ou plutôt d'être avec une nana, de vivre cette connexion particulière avec quelqu'un devant qui on se doit d'être le meilleur de soi-même mais aussi quelqu'un qui est supposé s'intéresser à nous, malgré nos défauts et nos imperfections. Je ne voyais aucun défaut à Hortense mais je voyais pour sûr qu'elle était droite, qu'elle pensait ce qu'elle disait, qu'elle disait ce qu'elle pensait, qu'elle s'en moquait de ce que les gens disaient et qu'elle me faisait rire tout le temps. Si je disais une bêtise, elle en disait une plus grosse, plus drôle encore. On était jamais sérieux tous les deux.

— Vas-y, dis-moi un truc bizarre mais que t'aimes bien, je lui ai demandé.

— Les escargots...

— Oui mais ça c'est pas la honte !

— Tu veux que je dise un truc que j'aime bien mais dont je devrais avoir honte, c'est bien ça ?

Elle était allongée sur son lit, les deux mains sous sa tête et moi, collée contre elle, je lui caressais les cheveux après avoir défait ses couettes.

— Oui c'est bien ça Hortense, un truc chelou mais que t'aimes bien.

— Bah franchement, je crois que le mieux c'est que tu commences Boris...

— OK, je vais commencer. Un truc chelou que j'aime bien c'est l'odeur du pipi...

Et elle a commencé à rigoler sans pouvoir s'arrêter.

— Attends... laisse-moi terminer...

— Non Boris ! Un aveu qui commence par j'aime bien l'odeur du pipi ne peut pas bien se terminer...

— J'aime bien l'odeur du pipi quand j'ai mangé des asperges !

— Quoi ?

— Je te jure, j'ai remarqué que quand Béatrice... quand ma belle-mère... elle prépare des asperges, si je vais pisser, je sais pas, une heure après, deux heures après, bah la pisse, elle sent pas mauvais, c'est comme si elle est aromatisée ou parfumée et franchement, cette odeur qu'elle a, j'aime bien... et maintenant quand je mange des asperges, je suis trop content d'aller pisser.

— Ah trop drôle... je vais faire un effort et en manger à titre d'expérience.

— Quoi, t'aimes pas les... ?

On parlait comme ça de tout et de rien jusqu'à ce que les autres ne viennent nous débusquer en frappant à la porte :

— Les amoureux ! Les amoureux !

Vraiment la jalousie, c'est quelque chose. On les a retrouvés tous réunis dans le salon. Il y avait dans l'air un mélange d'odeurs bizarres : ça sentait les bonbons d'un côté, la charcuterie et le fromage de l'autre et par la baie vitrée, ouverte sur la terrasse, malgré l'hiver, une odeur d'herbe flottait dans l'air. C'était la grande sœur d'Hortense et ses copains qui fumaient. Ils étaient arrivés alors que nous étions dans la chambre mais elle n'a pas pris la peine de se présenter même si j'étais main dans la main avec sa sœur et que je la grillais parfois quand elle me fixait de loin avec un regard indifférent. Les amis d'Hortense avaient commencé une partie de console, ce jeu où tu as la manette en main et tu danses contre un autre joueur. Celui qui réalise le plus de figures sur une chanson l'emporte. Le cousin d'Hortense n'arrêtait pas de gagner. Il était marrant ce mec. Hortense m'avait beaucoup parlé de lui et encore plus, quand elle avait su que j'aimais le basket. Selon ses dires, Edouard était vachement fort. Il jouait à un super bon niveau à Levallois. Mais à le voir, qui dansait sur du Britney Spears de façon complètement efféminée, j'avais du mal à l'imaginer faisant la loi sur les parquets mais en même temps, c'était cool parce que personne ne le taillait alors qu'il dansait comme une pédale, et personne n'y voyait même une blague à faire. C'est pas chez nous que ce serait arrivé. Avec Idrissa, on se regardait alors qu'il bougeait son boule de manière exagérée et tous les deux, on se comprenait sans rien dire, et on riait pour se foutre de sa gueule mais comme tout le monde parlait ou riait dans son coin, ça ne portait pas à conséquence. Personne ne s'en est rendu compte et personne n'était vexé. Franchement, il y avait une bonne ambiance, tout le monde rigolait et mon seul souci était de ne pas se laisser emporter dans le délire et trop traîner parce que contrairement à eux tous, on avait une sacrée trotte pour rentrer. J'étais affalé dans le canapé avec ce genre d'idées en tête, avec Hortense à côté de moi, à boire du Coca et à manger des bonbons. Il était vingt et une heures passées. On avait encore un peu de temps si on voulait être à Bondy pour minuit. J'étais bien.

C'est là, qu'Idrissa est venu me parler à l'oreille :

— Il faut trop que je le filme lui, a-t-il dit en pointant discrètement Édouard du doigt, pour régaler les gars du quartier.

Alors je le vois qui court vers l'entrée de l'appartement. Je l'avais oublié mais il revient quelques instants plus tard et il me fait signe de venir. Je l'ai suivi, sur la terrasse où les potes de la sœur d'Hortense, des grands de terminale, étaient assis sur des chaises longues, emmitouflés dans leur gros manteau et doudoune, toujours en train de fumer.

— On a un souci, mon pote, m'a dit Idrissa, visiblement énervé.

— Y a quoi ? On passe une bonne soirée, non ? Ça avance avec Vanessa ou bien ?

— Laisse tomber ça frère (elle lui avait mis un stop). Ils veulent nous *faire*, les richards, mais ça va pas se passer comme ça.

— De quoi tu parles ?

— Ils m'ont chourave mon téléphone.

J'étais pété de rire.

— Arrête tes conneries, tu crois qu'ils ont besoin de voler des téléphones eux ?

— Eh mec, c'est le dernier iPhone que j'ai... même si c'est des geois-bour, j'ai pas vu l'un d'eux avec un téléphone aussi haut de gamme alors me raconte pas de salades...

Il était déjà remonté et je savais tout ce qu'Idrissa pouvait faire lorsqu'il était en colère. J'ai repensé à l'avertissement d'Hamid : « Ton *sparring partner* est borderline. » Alors, pour le calmer, je lui ai dit que j'allais l'aider à le chercher. On a commencé par fouiller le fauteuil près du piano, à l'entrée de l'appartement. On a enlevé tous les manteaux du fauteuil, un par un, et on a passé la main dans les coins et recoins du fauteuil pour voir s'il n'avait pas glissé. On a regardé sous le fauteuil. J'ai regardé dans mon manteau. On fouillait mais on ne trouvait rien. Hortense, qui allait à la cuisine, est aussi venue nous apporter son aide.

— Vous avez essayé de le faire sonner ? C'est quoi ton numéro ?

Elle a composé le numéro d'Idrissa sur son clavier mais elle est tombée sur le répondeur.

— Tu vois, a dit alors Idrissa, sans cacher son agacement.

Il me fixait droit dans les yeux et son regard était devenu

mauvais. Il a avancé à grands pas vers le salon où il a bousculé ceux qui dansaient et débranché l'alimentation de la télé, de la console et de la musique. Tout le monde était choqué.

— Bon alors écoutez-moi bien maintenant bande de fils de pute, vous savez pas qui je suis, vous savez pas qui on est. Depuis tout à l'heure, avec mon gars, on fait les gars bien élevés, normal, mais vous voulez nous prendre pour des cons ? Vous voulez me prendre pour un con. Je suis arrivé ici avec un téléphone...

Vanessa s'est approchée de lui pour essayer de le calmer mais il l'a repoussée de la main.

— Vas-y casse-toi... je suis arrivé avec le dernier iPhone, y a pas moyen que je reparte sans.

Et il a sorti son couteau à cran d'arrêt, et dans le même geste, avec un mouvement sec du poignet, il en a libéré la lame qui s'est mise à étinceler sous les lustres du salon.

Tout le monde est resté immobile, comme subjugué. Il fallait bien que je fasse quelque chose parce qu'après tout, c'était mon pote qui foutait la merde. J'ai couru vers lui et je lui ai arraché le couteau des mains pour faire retomber la pression.

— S'il vous plaît, tout le monde, je suis désolé, j'ai dit en reprenant mon souffle. Je suis sûr que le téléphone est là, si on se met tous à le chercher, je suis sûr qu'on va le trouver.

Et rebelote mais cette fois-ci tout le monde s'y est mis sauf Idrissa qui boudait sur le canapé. Vanessa a recommencé à fouiller dans les manteaux et elle l'a trouvé dans la poche intérieure du manteau d'Idrissa.

— Il est pas con, lui, s'est-elle mise à crier. Il fait chier tout le monde, et son téléphone est dans son putain de manteau, quel tocard !!!

— C'est qui que tu traites de tocard ?

Idrissa accourait vers elle.

— Bah toi, ouais...

J'ai fait signe à Hortense d'aller retenir Vanessa tandis que je m'occupais de calmer Idrissa.

— Comme par hasard mon téléphone est éteint ! Comme par hasard on le retrouve dans mon manteau... il était allumé quand je suis arrivé...

— Il a pu s'éteindre, criait Vanessa de plus belle.

Hortense avait de plus en plus de mal à la contenir.

— Tu vois, a repris Vanessa avec une voix étranglée par la colère et l'émotion. Tu vois pourquoi j'ai parfois honte qu'on m'associe avec des mecs pareils ? Tu vois ? Même si on les reçoit bien, faut toujours qu'ils se comportent comme des sauvages...

Bah là c'est carrément devenu ingérable. Idrissa l'a attrapée par les cheveux et il avait commencé à tirer sur ses mèches mais heureusement Bastien est venu m'aider et l'a forcé à lâcher prise puis tout le monde a dû s'interposer pour maintenir une distance de sécurité entre eux. Des chaises ont été renversées ainsi qu'un vase mais rien n'a été cassé. Le calme n'est revenu que quand Hortense a emmené Vanessa dans sa chambre alors j'en ai profité pour prendre mon manteau, je l'ai mis, j'ai pris Idrissa par la main et on est sortis sans dire au revoir à personne. J'étais rempli de honte. J'avais tellement honte !

16

Dans l'ascenseur, je n'ai rien dit. J'ai attendu qu'on sorte, qu'on marche au moins cinq minutes avant de pouvoir m'exprimer. Idrissa était devant moi à pester.

— Elle me prend pour qui cette conne ? Genre, elle a retrouvé mon téléphone dans mon manteau... Combien de fois j'ai fouillé dans ce putain de manteau ? Ils ont eu peur, je te dis et ils l'ont remis dedans pendant qu'on regardait ailleurs...

— Je sais pas combien de fois t'as fouillé dans ton manteau... si ça se trouve, t'as mal regardé la première fois...

— Ouais c'est ça. Prends leur défense. Je vois bien que t'es de leur côté. Que t'aimerais bien faire partie de la bande ! Après tu deviendras comme Vanessa à cracher sur les gens de ta couleur, sale traître !

Alors j'ai couru vers lui et je l'ai poussé dans le dos de toutes mes forces et comme il ne s'y attendait pas, il a trébuché sans manquer de tomber.

— T'es un connard Idrissa !

Je criais.

— Tu te rends compte de ce que tu viens de me faire ? T'as tout gâché. Hamid avait tellement raison. T'imagines qu'Hortense et ses amis ne pourront pas me revoir sans penser à cette soirée ? Genre les banlieusards de merde à qui on peut pas faire confiance et qui foutent le bordel partout où ils vont.

Il s'est relevé et a frotté ses mains, en me fixant droit dans les yeux, avec un sourire étrange. C'était la toute première fois qu'on se disputait avec Idrissa et je le connais depuis la CM1, depuis mon arrivée en France, en fait. C'est le premier ami que j'ai eu. Pour moi c'était plus qu'un pote, c'était un frère. Je n'avais jamais imaginé que notre amitié puisse connaître une date de péremption comme les yaourts. Mais avec ce qu'il venait de faire, même au nom de l'amitié, je n'arrivais pas à me calmer et à lui pardonner. J'ai avancé vers lui et je l'ai poussé une deuxième fois mais il m'a attrapé par le bras, m'a mis une balayette et je me suis retrouvé au sol. Il avait son poing armé pour me frapper au visage, mais il a retenu son geste et s'est éloigné.

— Arrête tes conneries Boris, je vais te défoncer après tu vas être obligé d'expliquer à ton... à tes darons et t'as pas envie de ça...

Je m'étais redressé. Je nettoyais mes fesses avec la paume de mes mains et en même temps je laissais passer la douleur : j'étais tombé sur le cul et le couteau à cran d'arrêt d'Idrissa se trouvait dans la poche arrière de mon jean. Avec la chute, une douleur plus sournoise se diffusait dans ma fesse gauche.

Sans réfléchir, j'ai tourné le dos à Idrissa et je me suis mis à marcher dans une direction opposée à la sienne.

— Tu fais quoi, a-t-il crié quand il s'est retourné et qu'il a vu que je ne le suivais pas.

— Chacun de son côté, mon pote, j'lui ai dit du tac au tac dans sa gueule. C'est ici que nos routes se séparent.

Et j'ai commencé à courir.

17

On était début décembre. La nuit était froide. Il pleuvait des gouttelettes minuscules et je courais contre le vent mais bizarrement le temps, qui n'était pas clément du tout, ne me préoccupait presque pas. J'avais surtout le soulagement d'être loin de cette soirée où seule Hortense me manquait, et surtout, plus je courais plus la colère que je ressentais contre Idrissa diminuait, et au bout d'un moment j'en suis enfin arrivé à cet état où l'on ne pense plus à rien, je ne faisais que courir dans les lumières de la ville que les gouttes de pluie réfléchissaient partout en halos fantomatiques, de toutes les couleurs de l'arc-en-ciel, je courais en m'appliquant de mon mieux pour éviter les passants, les vélos et pour tirer parti du moindre ralentissement des voitures, pour me faufiler entre elles sans arrêter ma course. Une fois sur l'esplanade du Trocadéro, je me suis remis à marcher pour regarder la tour Eiffel au loin et c'est là que je me suis rendu compte que le temps filait et qu'il fallait que je songe à rentrer. C'était Idrissa qui avait les tickets de métro et je devais avoir trois euros sur mois. J'avais déjà épuisé tout mon argent de poche. La solution pour éviter d'avoir une amende qu'il faudrait justifier à la maison (« Qu'est-ce que tu faisais à Paris à vingt-trois heures passées ? »), c'était d'aller jusqu'à gare du Nord à pied puis de prendre le RER E jusqu'à Bondy. Mais je n'avais plus beaucoup de data sur le forfait internet de mon téléphone et si j'utilisais une application de géolocalisation pour me guider, j'aurais tout épuisé bien avant d'arriver à destination. Deuxième problème, je ne pensais pas que Paris était si grand. Je croyais que la gare du Nord était genre à trente, quarante minutes à pied. Pour moi ça pouvait pas être plus long que d'aller de Bondy au centre commercial de Rosny-sous-Bois et ce trajet-là, on l'a fait tellement de fois avec les copains que ça me faisait pas peur.

Je cherchais sur les panneaux l'indication gare du Nord mais j'avais beau tourner et tourner, je trouvais pas, alors j'ai voulu demander à quelqu'un mais même en disant bien « Excusez-moi, s'il vous plaît! », les trois premières personnes à qui j'ai parlé ne se sont pas même arrêtées. Je ne sais pas s'ils m'ont pris pour un mendiant ou un truc comme ça mais finalement, un vieux monsieur qui venait de se garer et qui sortait de sa grosse voiture a été plus sympa :

— Bah c'est pas la porte à côté, non plus... Pourquoi vous ne prenez pas le métro ?

— Je dois y aller à pied.

— Comment ça vous devez y aller à pied, c'est une sorte de rite de passage de chez vous ? a-t-il dit en ricanant.

— Hein ???

— Je ne peux pas vous indiquer le chemin entier parce que c'est trop long, vous allez sûrement vous perdre une centaine de fois. Pourquoi vous n'utilisez pas votre téléphone ?

— Je n'ai pas de connexion à internet.

— Allez montez je vous y amène.

— Quoi?

— Je vous dis de monter. Je vous amène à la gare du Nord, vous ne voyez pas que vous grelottez?

Il était bizarre, lui. J'essayais d'étudier son visage mais en même temps, on sait tous que les serial killers sont toujours des gens dont les voisins disent le plus grand bien, donc même s'il avait plutôt l'air gentil, en vrai, ça voulait rien dire. Ce monsieur devait à peu près avoir le même âge que notre professeur de mathématiques, au collège, M. Potier, qui allait bientôt être à la retraite, mais je pense que mon prof est un peu plus jeune quand même. Au niveau du style par contre, ils avaient rien à voir. Mon prof de math s'en fout complètement des sapes et du style. La sape et lui ça fait trois. Il a vraiment la dégaine des profs qui n'en ont rien à faire des vêtements. Le monsieur qui me proposait de me déposer à la gare du Nord, à part les couleurs de ses vêtements qui étaient pas trop voyantes, il aurait pu être congolais parce que ça se voyait qu'il faisait attention à comment il s'habillait. Il avait un long manteau en cuir marron comme les mecs dans Highlander, sous lequel il portait un costume trois pièces et des santiags. Une écharpe en tissu fin, comme de la soie, faisait plusieurs fois le tour de son cou. Ses cheveux blancs et bouclés lui tombaient sur les épaules. Il avait les yeux bleu-gris et un regard insistant. Comme je le regardais, il me regardait aussi mais je ne savais pas ce qu'il pensait.

— De quoi as-tu peur? C'est donc comme ça ce pays

maintenant ? Un vieil homme ne peut plus aider un gamin sans qu'il y ait suspicion. De quoi ? Je vais pas te manger. Monte dans cette voiture et tu arriveras plus vite chez toi et tes parents s'inquiéteront moins longtemps.

Ça m'arrangeait grave, en vrai, donc j'ai fini par accepter.

— D'accord, j'ai dit, avant de faire le tour de la voiture.

Yves, c'est le prénom qu'il m'a donné, conduisait une Porche Cayenne. C'était vraiment une journée placée sous le signe du grand luxe. C'était la première fois que je rentrais dans une voiture de ce standing et je pensais déjà à quand je raconterais cette partie de la soirée aux copains. Comme je n'avais plus peur d'épuiser mon forfait internet, j'ai mis le GPS de mon téléphone en direction de gare du Nord. C'était une affaire de quelques minutes et ça ne pouvait pas me consommer trop de data. J'ai voulu poser mon téléphone sur le tableau de bord mais Yves m'a dit que je ferais mieux de garder le peu de forfait qu'il me restait et qu'il connaissait le chemin par cœur, j'ai pas fermé l'application pour autant. J'ai seulement baissé le volume de mon téléphone, comme ça je pouvais quand même voir si on avançait dans la bonne direction.

— Tu es en classe de... mon petit... ?

— Boris.

— Tu es en quelle classe Boris ?

En même temps qu'il me parlait, il fouillait dans la poche intérieure de sa veste, sous son manteau en cuir, glissant son bras droit sous la ceinture de sécurité et trifouillant là-dedans. Il a fini par sortir des billets qu'il a gardés pliés dans sa main. Je me suis dit qu'il allait peut-être s'acheter un truc sur la route ou mettre de l'essence à une station-service.

— Troisième. Je suis en troisième.

— Et qu'est-ce que tu aimes à l'école Boris...

Il me saoulait avec ses questions, aussi. En plus on allait jamais se revoir...

— Je sais pas ! Selon mes amis, je me pose trop de questions, donc je dirais ça, comme l'école est quand même supposée nous apporter des réponses... Sinon, ce qui me passionne aussi c'est la cosmologie... la science qui étudie l'Univers et sa formation...

J'avais mis grave du temps à répondre. Mais c'est vrai que j'adorais toutes les émissions qui parlent de la formation de l'Univers, du Big Bang, de l'espace-temps d'Einstein et de Stephen Hawking. Pour moi, je voyais toutes ces théories comme l'explication scientifique du monde et de la création et ce qu'on lisait dans la Bible n'était à mes yeux que la traduction métaphorique et symbolique des mêmes phénomènes mais, en vrai, je voulais pas en parler avec lui.

— Si tu n'as pas envie de parler, dis-le-moi.

Comme si j'avais le choix. Je ne voulais pas vraiment parler. J'avais plus envie de profiter de la vue de Paris, de nuit, en voiture.

— Si si... On est dans quel quartier là ?

— Tu veux que je fasse le guide pour toi pendant que nous roulons ?

— Oui, c'est une bonne idée.

Et il a passé le reste du trajet à parler de lui et de sa relation aux endroits par lesquels nous passions.

— Là nous aurions pu prendre par les quais de Seine... avant ce n'était pas comme ça... quand j'avais ton âge... C'est là où j'ai eu mon premier baiser...

C'était souvent drôle ce qu'il racontait et je commençais à croire que j'avais eu de la chance de tomber sur lui. J'aurais pu être sous la pluie à faire un trajet que Google Maps annonçait en une heure et demie à pied. Sur mon téléphone, on allait dans la bonne direction et l'application prévoyait qu'il nous restait moins de sept minutes. J'avais des messages en attente d'Hortense, d'Idrissa, de papa et de tonton Fulgence. Yves avait complètement oublié son rôle de guide de Paris by night pour raconter sa vie. Il avait été marié, divorcé et il avait deux enfants et quatre petits-enfants. Par moments il rigolait tout seul et moi je dodelinais de la tête en ouvrant de grands yeux pour lui donner le change. On est arrivés à la gare du Nord mais au lieu de stationner brièvement devant la gare, il s'est engagé dans le tunnel souterrain d'un parking.

— C'était pas la peine, j'aurais pu descendre là, lui ai-je dit.

— Mais ne t'inquiète pas, a-t-il dit en m'effleurant la cuisse avec la main où il gardait ses billets et la retirant très vite. Je veux seulement m'assurer que tu prends bien ton train.

Je ne voyais pas d'où lui venait ce besoin de m'accompagner jusqu'au quai mais j'allais pas sauter de la voiture non plus alors que jusque-là, il ne m'avait pas menti. Il a tourné genre trois fois au même niveau et a trouvé une place dans un recoin. J'ai tout de suite voulu ouvrir la portière mais tout était verrouillé de l'intérieur. Et comme j'essayais d'actionner l'ouverture, j'ai senti sa main sur ma cuisse, mais cette fois, elle est restée. Il me tâtait la cuisse et je sentais ses gros doigts sur moi. On entendait le crissement des billets qui se froissaient. J'ai senti mon dos se glacer et son souffle plus pressant. J'ai respiré un grand coup et j'ai tourné mon visage dans sa direction. Il m'a paru énorme d'un coup. Il venait de défaire sa ceinture de sécurité et approchait son buste de moi en cherchant mon regard. Son visage n'avait plus du tout la même expression. Ses yeux grands ouverts voulaient m'engloutir. Il se penchait vers moi tout en défaisant sa braguette avec sa main gauche...

— Arrêtez, j'ai dit.

— Tiens, a-t-il fait en agitant l'argent devant mon visage. Touche-moi là (il me montrait son sexe qu'il avait fini par sortir de son pantalon et qu'il secouait dans sa main gauche) et tout cet argent sera pour toi. Tu n'as qu'à me toucher... doucement...

Comme il se rapprochait, je m'enfonçais de plus en plus dans mon siège en me collant contre la fenêtre, et la douleur que je m'étais faite à la fesse en tombant sur le cran d'arrêt d'Idrissa a été ma planche de salut. J'ai glissé la main dans la poche arrière de mon jean et attrapé le cran d'arrêt d'Idrissa dont j'ai fait sortir la lame d'un mouvement rapide du poignet. Son visage a changé une troisième fois mais cette fois-ci son expression était parfaitement lisible : c'était de la peur et rien d'autre.

— Touche-moi encore et je te coupe la bite, je lui ai dit. Ouvre cette portière !

Je suis sortis en poussant tellement fort la portière que je crois bien avoir rayé la voiture d'à côté, mais c'est à cause du bruit que cela a fait quand elle a rencontré l'autre bagnole que je dis ça, parce que pour le reste, je n'ai fait que courir, mais cette fois-ci je pleurais toutes les larmes de mon corps. Je me sentais comme quelqu'un qui vient d'échapper au plus grand des dangers, comme si j'étais passé à un cheveu de ne plus jamais être tout à fait moi-même.

Arrivé sur le quai du RER E, au loin, j'ai vu des parents d'un de mes camarades de classe, d'origine sénégalaise. Ils étaient bien une dizaine en tenue d'apparat qui devaient revenir d'une fête. Je me suis caché parce que j'étais encore en larmes. Ce trajet a été ponctué par des arrêts plus ou moins longs mais sans explication. Une fois sortis de Paris, on a cru qu'on allait retrouver un rythme normal mais on a dû s'arrêter encore vingt minutes à Noisy-le-Sec. Jamais je n'étais rentré aussi tard. Je m'attendais à ce que ça chauffe à la maison parce que papa était beaucoup moins conciliant que tonton Fulgence mais jamais je ne me serais attendu aux conséquences qui allaient découler de cette soirée épouvantable.

18

J'ai essayé d'ouvrir la porte le plus doucement possible en espérant trouver le noir complet mais non, le hall d'entrée de l'appartement était éclairé par la lumière qui venait du salon et passait à travers les vitres des grandes portes du séjour, qui étaient fermées. Dans le salon on entendait légèrement la télé, assez pour comprendre ce qui se disait de manière distincte. C'était la voix de Laurent Ruquier et son émission du samedi soir. C'était un invité politique alors j'eus la certitude que c'était papa qui regardait l'émission. Tonton Fulgence n'en avait rien à faire de la vie politique française et de ce genre d'émissions où l'on interviewait des écrivains et des chanteurs qu'il ne lisait pas ou n'écoutait pas. J'ai enlevé mon manteau et l'ai accroché sur la patère fixée au mur de la cuisine. J'ai retiré mes baskets en m'asseyant sur le petit meuble blanc où l'on rangeait les chaussures, en serrant un peu plus celles qui y étaient. J'étais ainsi quand la porte du couloir s'est ouverte et que tonton Fulgence s'est avancé dans son ensemble de pyjama blanc à rayures bleues verticales. Il a voulu refermer la porte derrière lui mais Béatrice l'a retenue et a passé son visage.

— Va te coucher Béatrice, a dit tonton Fulgence avec un visage grave qui n'acceptait pas la contradiction.

Et il a refermé derrière elle.

— C'est à cette heure-ci que tu rentres ? J'espère que tu es prêt à en subir les conséquences, a-t-il dit en m'indiquant le salon.

Mon cœur battait à cent à l'heure et tout ce que je vous ai raconté sur la soirée, mon embrouille avec Idrissa et le pervers que je venais de rencontrer, tout ça, je vous jure que je l'avais oublié. C'était comme si face au danger imminent qui me guettait toutes ces choses horribles n'étaient que du pipi de chat. J'ai fini par me lever, sans le regarder, visage baissé. Il a ouvert la porte et est allé s'asseoir sur le canapé à côté de papa qui était en débardeur blanc, jogging FUBU en peau de pêche gris avec deux rayures blanches sur les côtés. Sur la table basse, il y avait une ceinture en cuir noir tout enroulée et la télécommande. Papa a pris la télécommande et mis la télé sur mute.

— Ferme la porte, a-t-il dit.

J'ai fermé la porte puis j'ai tiré une des chaises de la table où l'on mangeait quand on ne dînait pas devant la télé et je me suis assis en face d'eux, dos à la télévision et n'étant séparé d'eux que par la table basse.

— Quelle heure est-il Boris, a commencé papa.

— Je sais pas...

— Regarde ta montre...

— J'ai pas de montre papa...

— Regarde ton téléphone !

— Il est dans mon manteau.

— Fulgence, ton fils, ici, est-il déjà rentré aussi tard sans donner d'explications ?

— Non, a dit tonton Fulgence avec une grimace pour

montrer qu'il ne comprenait pas. Jamais. Je ne sais vraiment pas ce qui lui arrive. Tu étais où Boris ?

— Je vous l'ai dit... j'étais à une soirée d'anniversaire.

— Mais où était cette soirée d'anniversaire ? Où ça ? À Bondy ?

— Bah oui... où vous voulez que ça soit ?

Et là, papa a attrapé la ceinture subitement, l'a déroulée en la faisant claquer dans l'air puis il est venu vers moi avant de m'attraper par le bras.

— Tu vois Fulgence ? Il ment encore.

— Lâche-moi, j'ai dit.

— C'est à moi que tu parles Boris, s'est-il énervé de plus belle.

Deux coups de ceinture ont claqué sur ma cuisse.

Tonton Fulgence baissait la tête et n'osait pas intervenir. Dans leur tradition, il n'avait pas son mot à dire. Papa était mon père. Et surtout, papa était son grand frère et ça coupait court à beaucoup de discussions. Il était dans son bon droit de morigéner son fils qui rentrait à pas d'heure et qui mentait effrontément. Je voyais bien que tonton Fulgence n'approuvait pas les méthodes éducatives de son frère et je parle en connaissance de cause parce qu'il n'avait jamais levé la main sur moi, mais c'est vrai aussi que je ramenais toujours d'excellents bulletins à la maison et que je n'avais jamais passé une soirée pareille avant. Je ne peux pas dire que je lui en veux. Tout ce que je peux dire c'est que je le comprends.

— Tu sais que je vous ai suivis avec ton camarade, le grand Malien avec qui tu aimes traîner. C'est un délinquant et un futur voyou... S'il ne l'est pas déjà ! Tu crois que je ne le croise pas parfois dehors, tard dans la nuit, quand je rentre du travail ? Je l'ai vu plus d'une fois et à chaque fois c'était toujours en compagnie d'individus bizarres. Et c'est avec ce genre de malotrus que tu prends le train pour Paris pour rentrer à plus d'une heure du matin, sous mon toit... ?

Tonton Fulgence a éternué.

— ... Sous le toit de ton oncle..., s'est-il corrigé. Devant ton père ? Quel est le respect que tu nous donnes à ton oncle et à moi ? Je t'ai déjà dit Boris : il ne sera pas dit que j'ai élevé un voyou nuisible à la société, quelqu'un qui donne du grain à moudre aux racistes de tous bords. Tu te rappelles à Kinshasa quand tu faisais une grosse bêtise ?

— Oui j'avais droit à dix coups de règle sur le bout des doigts.

— Daniel, arrête, a crié Fulgence. Il a compris. On n'est plus au village quand même.

— Fulgence ! Combien de voyous tu as déjà vus au village ? Combien ? Tu as des fainéants et des bons à rien mais des voyous, non ! C'est peut-être que cette éducation avait du bon. Tourne-toi, a-t-il dit en me regardant de nouveau. Tu auras dix coups de ceinture pour comprendre. Je ne veux plus que tu fréquentes cet Idrissa et désormais, jusqu'à nouvel ordre, tu seras à la maison pour vingt heures trente au plus tard, après ton entraînement de foot. Compris ?

La ceinture m'a raclé le dos, à travers mon pull et mon T-shirt, une fois, deux, il venait de compter trois quand Béatrice, en peignoir, a surgi de nulle part pour retenir son bras. Avec un geste de surprise et non contrôlé, il l'a repoussée et elle s'est cognée au niveau de la hanche contre une chaise de la salle à manger.

— Bon sang qu'est-ce qui se passe ici ! a-t-elle crié, pliée en deux par la douleur.

— Fulgence, parle à ta femme. Qu'elle s'occupe de ses affaires, a dit papa sans la regarder.

— Fulgence ! a hurlé Béatrice. Explique-moi pourquoi ton frère est en train de lever la main sur ton fils, sur notre fils, avec qui on vivait dans la paix jusqu'à son arrivée et pourquoi...

Papa a repris les coups de ceinture sans l'écouter :

— Quatre, cinq et...

Mais tonton Fulgence l'a saisi par le poignet et lui a arraché la ceinture des mains. Je ne l'ai pas compris tout de suite parce que je fermais les yeux pour atténuer la douleur des coups mais comme le sixième annoncé ne venait pas, j'ai tourné mon visage vers papa et vu tonton Fulgence qui le tenait toujours par le bras, Béatrice qui grimaçait encore de douleur, et papa qui semblait perdu, il était clair que pour lui jamais une telle scène n'aurait dû se produire et qu'on entrait complètement dans l'inconnu, dans un monde nouveau où les règles et la tradition ne suffisaient plus à apporter les réponses et les solutions aux problèmes de la vie quotidienne. Un monde où seuls l'instinct et les pulsions pouvaient régir nos actions. Ça se voyait que papa avait peur de vivre dans un monde pareil.

Il s'est dégagé de l'emprise de son frère d'un geste brusque puis s'est tourné vers moi.

— Va dans ta chambre, Boris. Nous avons à parler entre adultes.

Deux jours après, il est parti habiter à Bobigny. Il y avait une chambre libre dans le même appartement que son ami du Mali, soi-disant. Ils en avaient parlé le soir où ils étaient allés en boîte mais il avait attendu le bon moment pour nous le dire. Mon œil. Après son départ, la maison est restée silencieuse durant des jours et des jours. Béatrice faisait la gueule à tonton Fulgence parce qu'il lui avait caché la vérité à mon sujet. Fulgence, lui, devait culpabiliser d'avoir enfreint les règles de la tradition et il savait que partout où radio ragot irait raconter cette histoire, dans leur famille, que ce soit au Cap, à Montréal, à Kinshasa ou à Lubumbashi, tout le monde lui donnerait tort et chacun serait confirmé dans son opinion qu'épouser une femme blanche c'était vraiment la fin de la civilisation.

Moi, je n'ai pas parlé pendant une semaine. Je ne suis pas allé à l'école non plus. Je n'arrivais pas à manger non plus. Je voyais les messages d'Idrissa, des copains de l'école, ceux de mon père qui m'expliquaient par de longs paragraphes que qui aime bien châtie bien et que celui qui te dit oui à tout n'est pas forcément celui qui t'aime le plus, mais j'ignorais tous ces appels du pied et, surtout, les six messages que m'avait envoyés Hortense après la soirée, je ne les avais toujours pas lus. Je n'arrivais pas à me confronter à ses mots. Si elle me disait « Je ne veux plus jamais te revoir », comment réagir ? Il me fallait un peu de recul pour accepter toutes les suites possibles et imaginables de cette soirée, et je prenais mon temps, mais au bout de quatre jours, elle a renvoyé un nouveau message qui s'est affiché sur mon écran alors que je scrollais sur Instagram, et celui-ci, je n'ai pas pu l'ignorer :

« Tu me manques mon gentilhomme du bois de Bondy. »

Je crois que c'est à partir de là que j'ai recommencé à vivre.

19

Le week-end d'après, elle a insisté pour qu'on se retrouve vers chez moi. Elle voulait qu'on ait une relation équilibrée où chacun faisait un pas vers l'autre. À tour de rôle. C'est ce qu'elle a dit et y a qu'une meuf pour parler comme ça et moi j'ai dit d'accord mais franchement la faire venir à Bondy, je voyais pas l'intérêt. Elle m'a proposé de venir chez nous, comme Béatrice et tonton Fulgence étaient en sortie chez les parents de Béatrice – moi j'avais refusé d'y aller et vu le contexte, ils n'avaient pas insisté –, mais je ne voulais pas qu'elle voie à quel point chez nous ne supportait pas la comparaison avec chez elle alors je lui ai proposé le centre commercial à Rosny.

On s'est retrouvés au Burger King puis on est allés voir un film français, une comédie avec Dany Boon en membre du RAID, mais on a surtout passé notre temps à s'embrasser.

Ensuite on s'est baladés dans les allées du centre commercial et j'ai croisé plein de gars de mon quartier ou de l'école et c'était drôle parce que certains faisaient semblant de ne pas me reconnaître – genre ils voulaient pas me gêner ou être une source d'embarras pour moi, vu la créature exotique qui s'accrochait à mon bras comme si j'étais quelqu'un d'important et digne d'amour –, ou ils étaient plus chaleureux que d'habitude quand ils me saluaient, mais tous avaient ce même sourire curieux qui semblait dire : « Gros bâtard, tu te fais pas chier ! » La seule qui m'a paru naturelle, c'est Aminata, la sœur d'Idrissa qu'on a croisée alors qu'elle sortait du H&M avec des copines à elle, mais elle personne ne pouvait l'empêcher de dire ce qu'elle avait dans la tête.

— Salut Boris...

Elle souriait de manière un peu exagérée, presque comme si elle nous narguait, et son regard n'arrêtait pas d'osciller entre moi et Hortense.

— Salut Aminata...

— Bah... tu me présentes pas ton amie ?

— Si si... Hortense, je te présente Aminata...

— Ah c'est toi, dit Aminata en ouvrant de grands yeux qui ne laissaient aucun doute sur le fait que son frère lui avait tout raconté de notre expédition parisienne. D'accord. C'est cool de voir que tout va pour le mieux et que vous êtes plus fâchés... À plus Bobo !

Elle a accéléré le pas pour retrouver ses amies et nous sommes allés nous asseoir sur un des bancs pas loin de l'Apple Store, sous le puits de lumière. Et d'un coup, tous les gens qui passaient autour de nous n'existaient plus et je me sentais exactement comme le jour où nous avions mangé cette glace au bord de la Seine. C'était comme si le monde s'était arrêté, je serais incapable de me rappeler un seul des passants ni les gens qui étaient assis autour de nous, et j'ai compris que ce n'était pas le lieu qui était important mais la personne avec qui on était. Je la regardais ou plutôt j'admirais la beauté de son visage, ses grands yeux verts, légèrement bridés, son nez court, un peu retroussé, ses pommettes hautes, quand elle m'a embrassé avant de s'arrêter subitement et de reculer un peu.

— C'est qui cette fille ? a-t-elle demandé avec un regard suspicieux et très surprenant.

On s'embrassait dix secondes avant !

— Elle te regardait comme si elle t'aimait bien.

— T'inquiète, j'ai dit en rigolant, c'est la sœur d'Idrissa...

— Et alors ? C'est pas ta sœur à toi que je sache.

— Oui mais Idrissa, c'est... c'était comme un frère...

Elle a reculé encore un peu plus.

— Vous vous êtes disputés ?

— Ça fait une semaine que je lui ai pas parlé.

— D'accord...

— Et toi tes amis, ils ont dit quoi ?

— Bah... tu peux imaginer et tu peux pas leur donner tort dans un sens mais ils ont tous fait une vraie distinction entre toi et Idrissa...

— Oui mais j'aurais du mal à les revoir tout de suite, je crois.

— Quel est le problème alors ? Tu sors avec moi, pas avec eux. De toute façon, je t'ai dit, ils ont tous vu que tu étais cool...

— Ah ouais. J'ai passé le test malgré le scandale provoqué par mon pote ? Pourtant l'adage dit : « Dis-moi qui tu hantes, je te dirais qui tu es. »

— Bah alors là ! Je savais pas que tu citais les proverbes

aussi, s'est-elle exclamée en rigolant et en jouant avec ses cheveux. On dirait mon père quand il veut avoir raison.

Elle m'a regardé et s'est collée à moi.

— Tu me hantes en ce moment, a-t-elle dit. Et moi, je suis digne de confiance... Mais pourquoi a-t-elle demandé si tu allais mieux ?

— Bon, je voulais pas en parler mais quand j'ai quitté chez toi samedi, tu auras du mal à le croire, mais la soirée n'a fait que dégénérer de manière exponentielle jusqu'au climax quand je suis rentré chez moi à une heure et demie du matin. Mon père a pété les plombs et s'est disputé avec mon oncle à mon propos et ma belle-mère s'en est mêlée. Du coup mon oncle a quitté la maison et il est fâché avec son frère à cause de moi et toute cette semaine, j'ai essayé de digérer cette soirée et je suis pas allé en cours.

— Pourquoi ton oncle s'embrouille avec ton père parce que ton père te gronde ? C'est quoi cette histoire...

— C'est un peu compliqué... disons qu'ils sont tous les deux comme des papas pour moi et là, en l'occurrence, mes deux papas étaient pas d'accord sur comment me punir.

— Et c'est pour ça que tu es resté à la maison et que tu répondais pas à mes messages... Par culpabilité ? Mais tu ne dois pas t'en vouloir pour ça, mon chou.

Elle m'appelait comme ça : « mon chou », « mon petit cœur » et bien sûr le « gentilhomme du bois de Bondy », et quand ces mots sortaient de sa bouche, je me sentais plus chanceux. Je sais qu'on doit dire « le plus chanceux de la terre » ou « très chanceux » mais les Congolais aiment utiliser cette construction de manière absolue et je le fais ici. Je me sentais plus chanceux.

Je me suis mis à repenser à la mauvaise rencontre que j'avais faite une semaine avant et je cherchais à voir dans ses yeux un signe que je pouvais tout lui raconter mais encore une fois, je ne me sentais pas capable d'en parler, même à elle. Et par où commencer d'abord ? Et pourquoi gâcher ce moment où on était si bien avec un mauvais souvenir qui ne portait pas à conséquence...

— Et Idrissa ? Il faut que vous arrangiez les choses, a-t-elle repris comme je ne disais rien. C'est ton meilleur ami, Boris.

— C'était. Avec ce qu'il a fait, t'aurais pu ne plus vouloir me parler ou me voir...

— C'est bon, il s'est emporté, il a voulu jouer les cakous mais il n'a tué personne...

— Il a sorti un couteau...

— Bon... comme tu veux mais moi je vais avoir besoin de son aide...

— Quoi ?

— Oui je vais avoir besoin de son aide et je vais l'appeler...

— Qu'est-ce que tu racontes Hortense ? Je veux pas que tu l'appelles.

— Ah bon ! Depuis quand tu peux m'interdire des trucs, Boris ?

— Qu'est-ce qui se passe ? Vas-y, explique-moi !

Elle m'a pris la main et nos doigts se sont mis à jouer avec la main de l'autre.

— Les gens comme Idrissa, qui savent mettre des coups de pression, parfois c'est pas mauvais. Il y a des gens si on leur parle poliment, ils comprennent pas...

— D'où tu sors ça Hortense ?

— C'est vrai. Il a quand même réussi à faire peur même aux copains de ma sœur qui sont en terminale...

— Et ça t'impressionne ça ? Bref t'es comme les bouffonnes de mon quartier qui kiffent les mecs qui parlent fort et qui font de l'intimidation ?

Elle a lâché ma main.

— Arrête d'être jaloux Boris et laisse-moi t'expliquer...

— Qu'est-ce qu'il y a ?

— Laisse-moi t'expliquer... j'ai mon cousin, Édouard, dont je t'ai déjà parlé...

— C'est bon, je vois qui c'est. Il était à la soirée...

— Oui et il est trop mignon, trop chou comme t'as pu le voir mais il se fait chambrer par des mecs de son lycée, un mec surtout, avec qui il fait du basket en club à Levallois. Si Idrissa pouvait venir faire le même numéro qu'il a fait chez moi samedi, face à ce connard, il sera pardonné infiniment et je suis sûr que mon cousin lui... vous... donnera un petit billet pour le dédommager.

— T'es sérieuse Hortense ? Ça te ressemble pas.

— Jamais je n'aurais pensé te demander ça mais quand il a vu l'effet que le coup de gueule qu'a poussé Idrissa a produit, il s'est dit que les faux « bad boys » de son lycée vont faire dans leur pantalon en voyant un vrai dur de cité comme Idrissa.

Elle a dit ça en insistant bien sur le « dur de cité ».

— Alors tu l'appelles et lui proposes ou je le fais ?

Elle s'est avancée vers moi pour poser ses lèvres sur les miennes, mais j'ai reculé pour éviter son baiser.

— Ça me plaît pas cette histoire et tu me laisses pas vraiment le choix... Parce que comment, alors que je parle plus à un mec, ma meuf l'appelle pour lui demander un service ? Et v'là le service !

Je me suis levé et j'ai commencé à avancer en direction du RER.

— Oh sois pas fâché Boris ! a-t-elle dit en courant pour me rattraper. C'est juste pour aider mon cousin...

Et elle a glissé sa main dans la mienne. Je n'ai pas eu le cœur de relâcher son étreinte.

20

C'est tonton Fulgence qui m'a forcé à rendre visite à papa. Le même jour, dans la soirée. Nous n'étions que tous les deux dans le salon alors que Béatrice faisait la cuisine quand il a pris son ton le plus solennel :

— Il faut que tu ailles rendre visite à ton père !

— Je veux...

— Ce n'est pas une suggestion, c'est un ordre ! Ce mercredi après l'école, tu iras voir ton père. Il faut bien que vous vous réconciliiez.

Rien ne m'enchantait moins que cette idée. Je ne lui avais tout simplement pas pardonné. Je n'avais pas encore fait le chemin jusque-là, et même si pour sa défense il ne savait pas tout ce qui m'était arrivé ce soir-là, je voulais qu'il comprenne que ce n'était pas une façon de faire que de sortir sa ceinture comme si on était dans un trou paumé près de Lubumbashi ou de Kisangani. C'était à mon tour de l'éduquer. Après tout c'était un blédard, il fallait bien qu'il s'adapte aussi ! Vous vous imaginez si je racontais ça à mes profs ou même à quelqu'un comme Hortense, à n'importe qui ? Tiens, même à vous ! Ça craint carrément que je vous raconte tout ça. Ils me diraient d'appeler l'assistante sociale, les gens, et après, ce qui arrive, c'est qu'on t'enlève de chez tes parents et là, t'es bien dans la merde. On en a connu des histoires comme ça au collège. Après tu te retrouves à vivre avec des familles d'accueil à la campagne, v'là la galère. Ce qui m'énervait le plus, c'est que dans la même journée, c'était la deuxième chose qu'on me demandait de faire que je voulais pas faire mais où je devais m'exécuter quand même. C'est quoi une vie où on passe son temps à faire des trucs qu'on veut pas, si c'est pas une vie de merde ?

Je suis allé dans ma chambre en attendant le dîner : Idrissa clignotait en vert sur MSN. J'ai pensé faire la paix avec lui à ce moment-là. J'ai commencé à écrire un message mais je l'ai effacé et puis Hortense m'a appelé sur FaceTime. Elle était avec son cousin, dans la cuisine, chez ses parents. Ils étaient en train de manger des frites et du poulet frit dans le grand seau de chez KFC. Ils avaient posé le téléphone sur la table, et le panier ainsi que leurs gobelets au premier plan avaient une drôle de courbure...

— Bon appétit, j'ai dit.

— Salut Boris..., a dit Édouard. Merci beaucoup pour ton aide...

— Bah me remercie pas. J'ai encore rien fait. Mais c'est quoi ton histoire là, c'est chelou un peu...

Hortense a disparu du champ de l'appareil et Édouard a tiré une longue gorgée sur sa paille.

— Oui, je te jure..., a-t-il dit avant de lâcher un gros rot.

Il a fait une grimace de gêne, a ouvert de grands yeux et ramené sa main libre devant sa bouche en avant. Il a encore roté, s'est excusé puis a repris :

— Laisse tomber, je me suis mis dans la merde tout seul,

juste à cause de ma grande gueule. Bref. Je fais du basket à l'AS Levallois, mais c'est plus côté Neuilly que Levallois et dans mon club, y a des mecs qui depuis le début me font chier, dont le meneur est un mec qu'est dans mon lycée. Ils me cherchent des noises parce que j'ai des manières et que je joue pas les faux durs comme eux mais en vrai, sur le terrain, je suis meilleur qu'eux. Alors comme à l'entraînement, je les crosse quand je veux, y en a un ou deux qui m'ont pris en grippe et qui n'arrêtent pas de me faire chier, même devant le coach, mais lui cet enfoiré, il minimise, mais le vrai problème c'est qu'ils commencent aussi à me chercher des noises au lycée. Je peux pas en parler tout de suite à mes parents parce qu'avec mon père, c'est vite vu : il va appeler le maire, la police, les députés, bref tout faire jusqu'à racheter le club, tu vois le délire, et virer le coach, mais surtout, la boulette que j'ai faite, c'est que pour montrer que moi aussi je pouvais jouer les terreurs, je leur ai dit que j'avais des potes en banlieue, à Bondy, et que s'ils continuaient à me chercher, mes gars allaient venir et que ça serait chaud pour eux...

— Tu pensais à qui quand tu leur as dit ça...

— Bah je pensais à toi et à Idrissa...

— Mais tu nous connaissais même pas...

— Mais si... j'ai pensé aux trucs que m'avait racontés Hortense... comment vous aviez mis la pression à Bastien et aux garçons de sa classe au musée d'Orsay...

Hortense était revenue dans le cadre après s'être changée, elle était en mode décontracté, sweat-shirt et bas de jogging extra-large. Elle faisait des grimaces et des oreilles d'âne avec ses doigts derrière la tête d'Édouard.

— Hortense, c'est pour ça que t'avais invité Idrissa à ta soirée ?

Elle s'est arrêtée de faire l'idiote et son visage joyeux a pris subitement un air confus, puis elle a enchaîné avec un ton où l'on sentait poindre la colère :

— Non ! Je l'ai invité parce que c'est ton pote et que je voulais pas que tu te sentes trop seul en compagnie de mes amis, c'est tout. Et je l'ai déjà dit. Après oui, je parle de tout avec Édouard. C'est mon cousin, mon confident, donc oui, je lui avais parlé de vous. Tu y vois un problème ?

— Calme-toi Hortense... Arrête de faire la chaude parce qu'il y a ton cousin...

— Holà... holà... je vous laisse moi, a dit Édouard en prenant le panier KFC et sa boisson avant de disparaître.

Hortense a pris le téléphone et l'a rapproché de son visage, je ne voyais plus que ses lèvres gigantesques et ses dents, sa langue et le noir au fond de sa gorge. Elle a dit :

— Moi aussi, je te laisse. T'es chelou en ce moment.

Et elle m'a raccroché au nez.

21

J'ai repris le chemin de l'école pour une de ces journées qu'on ne trouve dans le calendrier seulement pour compléter l'année. Je veux dire qu'il ne s'est absolument rien passé de mémorable, ce jour-là : pas de baston, pas d'insolence extraordinaire, la petite routine scolaire. Il faisait froid dehors et trop chaud dans les salles de classe. Le ménage n'était pas fait au collège depuis un moment et dans certaines matières, on faisait carrément cours au milieu de détritus (bouchons de stylo mâchés, bouts de papier, de la terre, des feuilles ou des bouts de branche) et de la poussière. Les profs s'énervaient. Certains en étaient même rendus à passer eux-mêmes le balai pour rendre toute sa dignité à leur salle. Idrissa a bien essayé de venir vers moi quand on se rangeait dans la cour en première heure mais comme j'étais froid et distant, il a passé le reste de la journée à me montrer qu'il ne me calculait pas et qu'il avait plein d'autres potes au collège et moi, je suis resté dans mon coin presque toute la journée. Je faisais celui qui recopie les cours qu'il a manqués et qui remet à jour son cahier et ses photocopies. J'allais parler aux profs pour qu'ils m'expliquent ce que j'avais raté, bref je faisais tout ce qui était en mon pouvoir pour ne pas me retrouver dans une discussion où Idrissa pouvait être impliqué et ce n'est qu'au moment de la sortie à quinze heures trente que je me suis décidé à aller lui parler.

Il avait déjà pris de l'avance. Après le cours de français, j'avais discuté avec le prof et ça m'avait un peu retardé. Il était loin devant. Alors que je passais le portail du collège, lui était presque au niveau du bâtiment de la maîtrise où il y avait des attroupements comme d'habitude, il traînait des pieds, complètement penché, le bras posé sur l'épaule d'un élève de cinquième qu'il dépassait d'au moins deux têtes, un petit gros, tout serré dans son jogging.

J'ai dû accélérer le pas pour les rattraper et, arrivé à leur niveau, j'ai dit au petit de cinquième en lui attrapant le bras :

— Tu peux nous laisser ? Je dois parler avec Idrissa.

Le cinquième, un Renoi avec une tête ronde de bébé joufflu, m'a fixé comme si je racontais de la merde.

— Qu'est-ce j'en ai à foutre de vos histoires. Il est con ton pote Idrissa, a-t-il dit sans s'arrêter mais en marchant à reculons pour nous faire face.

Puis il s'est retourné et a couru un petit bout de chemin avant de se remettre à marcher plus loin, balançant son gros derrière de gauche à droite et inversement, comme un hippopotame qui vient d'accéder à la terre ferme et qui s'est secoué un peu pour se sécher.

J'ai posé la main sur le dos d'Idrissa pour lui signifier d'avancer.

— Yo Driss *wassup* ?

— Oh le Disparu de Saint-Agil, tu fais plus la boule ? Ah oui, c'est vrai, ma sœur t'as vu avec ta copine au centre commercial, c'est pour ça que t'es plus fâché, hein ? La petite Blanche est plus vénère, donc tu peux recauser avec ton vieux pote Idrissa.

— Vas-y c'est bon. N'en parlons plus. J'ai un truc à te demander...

— Ah bon, a-t-il fait en ouvrant de grands yeux.

— C'est pour Hortense. Par rapport à son cousin, tu sais celui qui arrêtait pas de gagner au jeu de danse là sur la console, à la soirée...

— Je croyais qu'on parlait plus de ça.

— Vas-y arrête de faire le malin Idrissa. Tu t'en souviens ou pas ?

— Bah oui je m'en souviens, celui qu'avait l'air d'une pédale et qui parlait qu'avec les filles ?

— Ouais si tu veux, Édouard, le blond là... avec les cheveux bouclés...

— Bah, vas-y je t'écoute.

— Tu vas voir c'est chelou. Lui et Hortense veulent que tu... qu'on leur rende un service. En fait, ce gars, le blondinet, il se fait victimiser par des mecs à son entraînement de basket. Donc ce qu'il veut, c'est que le jeudi qui vient, à la sortie de l'entraînement, t'ailles mettre la pression à deux petits cons de geois-bour qui jouent les racailles avec un gringalet, tu vois, faire le même numéro que t'as fait pendant la soirée...

— Eh mon Bobo, fais attention comment tu causes, frangin ! Je faisais pas mon numéro. Ces bâtards de richards ont essayé de me la faire à l'envers mais je leur ai montré qu'il y avait pas moyen... La preuve maintenant, c'est eux qui viennent me demander de l'aide. Et pourquoi, je le ferais, moi ? Toi c'est ta meuf, encore je comprends. Mais moi, de toute façon, je serai plus invité aux soirées. J'ai quoi à gagner ?

— Le blondinet est prêt à filer deux cents boules...

— Quoi ? Mais fallait commencer par là, papa. T'es sérieux ? Il va nous filer deux cents boules ! Juste pour qu'on aille mettre la pression à des petits péteux comme ceux qu'il y avait à la soirée de samedi... Mais ça c'est *easy money*... c'est de l'argent facile, mon frère. Ah mais y a pas de souci. Je vais soigner mon personnage, tranquille. Tu peux leur dire qu'on accepte.

Et il m'a attrapé par les épaules et serré contre lui, il riait encore et encore comme si c'était la meilleure blague qu'il avait entendue depuis longtemps et comme si on n'avait jamais été fâchés.

22

Pour aller à Bobigny, j'ai marché du collège jusqu'au pont de Bondy. Et le pont de Bondy, c'est tout un poème, on va pas se mentir. On voit toutes les formes de la misère et de la peine là-bas. Je pense que Victor Hugo, il pourrait écrire des pages et des pages sur le pont de Bondy. Dommage, j'suis pas Victor Hugo. Une fois là-bas, j'ai attendu le tramway qui est arrivé bondé, normal. Dans le tramway ça puait, normal. Un mec s'était pissé dessus et les voyageurs étaient encore plus confinés, les uns sur les autres, à cause du périmètre de sécurité qui s'était créé autour de lui. Les gens se regardaient avec embarras. Y avait une dame voilée en face de moi qui tenait sa fille d'une main et s'accrochait à la même barre que moi de l'autre. Je m'en souviens parce qu'elle a failli tomber quand le tramway s'est arrêté brusquement en cours de route et qu'après, elle n'arrêtait pas de secouer la tête et de souffler. On sentait qu'elle n'en pouvait plus ! Arrivé au niveau de la préfecture, j'ai vu papa qui me faisait des signes de l'autre côté de la route. Il a avancé vers moi et m'a pris dans ses bras mais je ne lui ai pas rendu son étreinte. Dans ma tête, j'étais plutôt genre : « Ouais, c'est ça ! Là tu me fais des câlins et si je déconne, c'est direct coups de ceinture. Vas-y, garde tes câlins, steuplé ! »

Nous sommes allés manger dans un kebab du centre commercial, en face de la préfecture. Franchement il faisait *misquine* le centre commercial, pas « mesquin » comme en français mais *miskine* en arabe, qui fait pitié. Puis nous avons pris le chemin de son nouveau logement. On a coupé par le parking de la préfecture puis on a traversé une route qu'on n'aurait pas dû traverser mais c'était un raccourci. Il y avait des poubelles brûlées et des voitures vandalisées sur le parking. On a avancé et croisé une bande de jeunes en survêtement qui entouraient l'un d'eux qu'était assis sur son scooter à l'arrêt. Ils riaient et parlaient fort. Je me suis dit que c'était ce genre de mecs que papa ne voulait pas que je devienne. Il les a regardés avec colère et a détourné vite son visage. Je crois qu'il commençait à comprendre que mieux valait éviter tout contact avec des hurluberlus de la sorte quand on s'installe dans leur voisinage.

On est entrés dans le troisième bâtiment et franchement, dans le hall, ça sentait mauvais. On a pris l'ascenseur et au lieu d'utiliser sa clef, il a sonné. C'est une vieille dame qui a ouvert. Une femme blanche, avec des cheveux blancs. Elle avait l'air assez vieille pour être à la retraite mais elle portait une tenue que je n'arrivais pas à identifier, comme celle des agents de la mairie ou des gens qui mettent des contraventions. On est entrés et papa m'a présenté :

— Gislaine, voilà mon fils, Boris. C'est un garçon très intelligent; très bon écolier. Boris, voilà Gislaine, ma... colocataire.

— Bonjour Boris, a dit Gislaine en s'apprêtant pour

sortir. Moi je dois aller au travail. Bon après-midi à vous deux.

Elle est partie et j'ai déposé mon sac dans l'entrée. Papa a pris mon manteau et l'a emmené dans une pièce, à droite ; puis je l'ai suivi dans la cuisine.

— Tu veux boire quelque chose ?

On venait de manger et j'avais envie de rien. Il a pris une bière et nous sommes allés dans le salon.

— Il est pas là, ton ami du Mali ?

— Non il travaille. Tu sais qu'il ne vend plus de tours Eiffel. Il a réussi à avoir des papiers et il travaille dans un restaurant où il fait la plonge...

— Et ici alors ?

— Bah ici, c'est chez Gislaine, elle a deux chambres de libres dans cet appartement et elle nous les loue... à quatre cent cinquante euros par mois chacun, voilà. Oumar m'en avait parlé le soir où nous étions sortis en boîte mais je n'étais pas pressé et puis il s'est passé...

— Mais Gislaine, elle est pas un peu vieille pour travailler ? Elle est dans la police ou quoi ?

— C'est à cause de la tenue qu'elle porte que tu dis ça ? Non, elle travaille au centre commercial. Elle surveille les caméras.

— Mais pourquoi elle est pas à la retraite ?

— Comment pourrais-je le savoir ? T'es un vrai petit Français, toi ! Tu crois qu'il y a une retraite au Congo, peut-être ? Et comment font les gens là-bas, alors ? Ils se débrouillent. Gislaine se débrouille. On n'a pas trop parlé de sa vie. Si j'ai compris, elle est veuve et ses enfants ont grandi à l'étranger avec la famille de leur père. Elle m'a dit : « Je ne les connais pas vraiment et je crois pas qu'ils aient particulièrement envie d'entendre parler de moi. » Est-ce que c'est ce que tu veux pour nous aussi ? Qu'on devienne des étrangers l'un pour l'autre ?

— Bah non papa...

— Alors pardonne-moi mon fils... j'ai bien compris... Nous ne sommes pas au Congo ici. Les gens sont plus fragiles. Ce qui fait des adultes respectueux de l'autorité et des autres en Afrique, en Europe ça fait des enfants battus qui développent des traumatismes. Il faut ensuite passer à la télé alors que ce sont déjà des papas et des mamans, pour pouvoir se lamenter sur leur sort : « Mon père me battait... c'est pour ça qu'aujourd'hui... j'ai décidé d'épouser mon chien... »

— Allez papa, arrête de te moquer. Tu sais pas ce qui m'est arrivé ! Tu sais pas pourquoi je suis rentré tard !

— Tu n'as qu'à me le dire, mon fils, et je saurai...

— Toi non plus... tu ne me dis pas tout. Vous non plus, vous ne dites pas tout ! Vous voulez que je sois transparent mais tonton Fulgence, il a menti à Béatrice alors que c'est sa femme. Tous les deux vous lui avez menti et vous m'avez forcé à mentir avec vous, alors que je voulais pas... Moi j'ai voulu dire... plusieurs fois. Et puis en Tunisie, c'est qui Izahora... C'est qui, papa ? À quel moment t'allais m'en parler ?

Il a pris sa bière sur la table basse, a bu une gorgée avant de se renfoncer dans le fauteuil et de reprendre, toujours avec calme :

— Ça fait combien de temps que tu es au courant ? Qui t'en a parlé ? Fulgence ?

— Mais non... tu sais bien que tonton Fulgence garde précieusement tous vos secrets...

— C'est vrai... j'ai rencontré une femme là-bas, dans ce village de Tunisie où j'ai donné des cours. On s'est mariés. Tu sais là-bas, quand tu es une femme, il faut être mariée, surtout si tu vis avec un Noir... Elle est tombée enceinte et nous avons eu une fille, Izahora...

Il s'est levé et a disparu dans le couloir pour revenir avec une pochette pleine de lettres et des photos qu'il m'a données à regarder.

— Tu vois comme elles sont belles ? Tu as une nouvelle maman et une petite sœur, mon fils. Le problème c'est que la petite est asthmatique et à tout moment Zaïra m'appelle pour que j'envoie de l'argent parce que Izahora fait une crise...

— Et comment tu comptes faire alors... tu vas les laisser seules comme tu m'as laissé pendant sept ans... ?

— Non ! Justement mon Bobo. C'est là que j'ai besoin de toi. J'en ai déjà parlé avec ton oncle. Lui est d'accord. Béatrice ne sait pas encore mais je voulais t'en parler d'abord. Quand je suis resté avec l'amie de Béatrice, la nuit du vendredi au samedi, quand ton oncle est parti, nous avons pris le taxi et rejoint Vincent, le petit copain de Véronique, dans un bar de leur quartier, le XIe arrondissement. Les patrons du bar avaient baissé le rideau mais c'était encore ouvert pour les habitués. Vincent, c'est un bon gars, très intelligent et cultivé, mais surtout il est vraiment humain, quoi. On sent que quand il te regarde, il parle d'abord à un être humain. Il veut bien être mon avocat et je crois qu'il est un peu un oiseau rare dans ce métier car il est idéaliste...

— C'est quoi un idéaliste ?

— C'est quelqu'un qui se bat d'abord pour des idées.

— Et c'est bien, ça ?

— Oui c'est généralement considéré comme une bonne chose si l'on part du principe que la plupart des gens se battent pour l'argent et le pouvoir.

— Mais l'argent et le pouvoir ne sont-ils pas des idées aussi ? Tu m'as dit que tout était idée, même les objets.

— Oh le digne fils de son père, a-t-il dit en souriant. On pourrait dire ça mais trêve de philosophie, mon fils. Quand j'ai raconté à Vincent mon histoire, sans omettre que tu étais mon fils mais que Fulgence t'avait déclaré comme le sien, et que Fulgence était devenu français par son mariage avec Béatrice, que tu étais devenu français aussi parce que Béatrice t'avait adopté de manière plénière, il n'a pas voulu entendre parler du plan préconisé par le pasteur et les amis de Fulgence. Toi-même, regarde mon fils : je t'ai toi, j'ai laissé une femme et une fille de trois ans en Tunisie, ma petite Izahora que j'aime tout autant que je t'aime, Boris, et je vais devoir trouver une femme ici que je dois enceinter pour qu'elle me donne un enfant afin que je puisse rester en France où moi, professeur et directeur d'école, je suis déjà déclassé comme agent de rayon au Monoprix, où je travaille avec les papiers d'un autre... Vraiment est-ce que ça en vaut la peine, mon fils ? N'est-ce pas rajouter du désordre au désordre? Et des problèmes aux problèmes?

Il me regardait avec beaucoup de gravité et c'est vrai aussi que la situation n'était pas reluisante. Mais qu'est-ce que j'y pouvais, moi?

— Vincent a eu une idée qui selon lui est plus risquée mais si ça marche, on gagne sur tous les plans...

— *Tu* gagnes sur tous les plans papa. Parce que je vois pas ce que tonton Fulgence, Béatrice et moi, on pourrait y gagner.

— Mais si, vous y gagnez aussi. Toi d'avoir ton père près de toi avec sa nouvelle famille. Fulgence y gagne un frère et Béatrice, un beau-frère et une belle-sœur. Si le plan de Vincent fonctionne, on peut obtenir tout ça mais il nous faut ton accord parce que tu seras la pièce maîtresse et tu auras sûrement à témoigner à plusieurs reprises devant tout un tas de monde...

— Papa, de quoi tu parles?

— Le plan de Vincent se déploie sur deux niveaux : juridique, sociétal et moral. Dans quel pays veulent vivre les Français? Ce sont ses mots et il croit, et l'association avec laquelle il travaille en faveur des sans-papiers le soutient là-dessus, que notre cas peut faire parler et forcer les gens à sortir de leur retranchement sur le thème de l'immigration. C'est plus simple qu'il n'y paraît. Selon lui, nous devons faire, toi et moi, un test ADN qui confirme que je suis ton père et de là, je dois demander que notre filiation soit rétablie... De là, tu es reconnu comme mon fils et il y aura quatre possibilités : la première, tu es français donc on m'accorde la nationalité, mais cela n'arrivera pas. L'option la plus probable, c'est que tu perdes la nationalité que tu as obtenue par Fulgence et dans ce cas, si l'on m'expulse, ils devront t'expulser aussi mais ça, ça ne pourra pas arriver. On alertera les médias et l'opinion publique et de là, on en vient à la troisième possibilité : ils ne peuvent pas te renvoyer au Congo mais ils ne pourront pas nous séparer non plus car comment le pays des droits de l'homme pourrait-il séparer un fils de son père ? Et si tout ça était un échec, il resterait la quatrième possibilité, à savoir, tu as été adopté de manière plénière par Béatrice, qui est la plus française des Françaises, descendante en ligne directe de Vercingétorix, et par là, tu es français et si j'ai bien compris ce serait compliqué de te faire perdre ta nationalité de ce côté-là, et là aussi, si toi tu restes, bah moi aussi... Alors, encore une fois, ça ne va pas être facile. Il va falloir que tu parles beaucoup, à beaucoup de gens. Je sais que tu en es capable. Peut-être qu'à un moment la presse s'emparera de l'affaire – c'est le but à vrai dire – mais rien de tout ça ne peut se faire sans ta volonté.

*

Il m'a dit que je pouvais réfléchir. Je n'étais pas obligé de décider tout de suite. Sur le chemin du retour, je me sentais bizarre. J'en étais à m'interroger sur le sens de tout ça. T'imagines, il parle de nous dans les journaux ? Après, tout le monde à l'école saurait. Tout le monde saurait que ma vie était compliquée. Tout le monde saurait que je sais garder un secret. Et tonton Fulgence, n'aurait-il pas des problèmes d'avoir menti à la France et à Béatrice ? Et papa, est-ce qu'il pensait à nous ou seulement à son intérêt ? C'était pas un bon trajet, ni de belles pensées, et pour me changer les idées, j'ai pris mon téléphone. Il y avait un message d'Hortense en attente : « C'est toujours bon, pour demain ? »

23

Le lendemain, on a séché la dernière heure de cours pour choper le train de 16 heures. Le train était bondé mais on a réussi à avoir deux places face à face. Cela dit on a presque pas discuté et chacun est resté tranquillement scotché sur son téléphone. Arrivés à gare du Nord, on a pris le métro jusqu'à République, puis la ligne 3 jusqu'à Levallois. Hortense nous attendait à la sortie du métro, et on est allés se poser dans un McDo pas loin de la mairie. On en avait au moins pour une heure et demie avant la fin de l'entraînement, donc rien ne pressait.

— Alors c'est quoi le plan, a demandé Idrissa en croquant dans son cheeseburger.

— Bah, moi je vous répète ce que m'a dit Édouard. Devant le gymnase, y a des rangements pour les vélos et les scooters. Après l'entraînement, les gars traînent toujours devant. C'est assez simple. On se poste devant l'entrée du gymnase et on attend qu'Édouard sorte. La bande de connards sera déjà sortie. Ils seront en train de fumer une cigarette et de s'encrasser les poumons alors qu'on recommande de ne pas fumer toute l'heure qui suit une activité physique intense mais c'est des cons, que voulez-vous ? Édouard va se débrouiller pour sortir après les autres et là, vous allez l'accueillir par des accolades à la cool...

On n'a pas pu s'empêcher de rigoler, avec Idrissa.

— Bah c'est l'idée d'Édouard. Il veut juste que ça ait l'air cool et naturel...

— Ouais, a dit Idrissa en essuyant la sauce à la commissure de ses lèvres avec une serviette en papier.

— Donc vous lui faites une accolade...

— Arrête avec tes accolades, l'a coupée Idrissa, on le *shake* ou on lui fait un *hug*...

— Vous lui faites comme tu dis, et on parle tranquille comme ça quelques instants et à un moment, tu dis fort, en mode vraiment vénère : « Ils sont pas là, les gars qui t'embrouillent ? », et normalement Édouard, lui, il va faire style il calme le jeu et toi, t'auras qu'à leur mettre un peu la pression genre : « Si vous faites encore chier mon pote, je vous défonce... »

— Tu veux pas me l'écrire carrément, a dit Idrissa en riant. J'ai l'impression d'être un acteur qui doit mémoriser son texte. Est-ce que j'ai le droit d'inventer un peu quand même, d'improviser ou bien... Et Boris, il fait quoi d'ailleurs ?

Moi, j'étais dans mes pensées et surtout j'étais pressé que cette histoire soit finie et qu'on passe à autre chose. De toute façon, ce n'était pas de mes talents de petite frappe qu'on avait besoin.

— Bah Boris, a dit Hortense en passant sa main tendrement sur ma joue, il est là en soutien... au cas où...

Enfin on a quitté le McDo et c'était pas plus mal parce que comme Idrissa était avec nous, c'était pas commode de se laisser aller à un peu d'intimité (on pouvait pas faire comme avec le reste des gens et tout simplement l'ignorer). On a dû passer par le centre-ville et on a croisé un de ces monde ! Et je ne pouvais m'empêcher de penser à quel point les gens qui se baladaient et faisaient leurs courses dans ces rues étaient différents de ceux que j'avais croisés la veille à Bobigny. C'était comme si ces gens, ceux de Levallois et ceux de Bobigny, vivaient dans le même monde mais pas sur la même planète ! Ce que quinze kilomètres pouvaient changer ! À Levallois, ils étaient sur la planète Premium avec en option des rues propres et sans voiture vandalisée, une ville nickel où les poubelles étaient ramassées et où tout fonctionne bien. À Bobigny, on sentait qu'aux gens, on leur avait dit : « Soyez déjà contents de ce que vous avez », et que les gens avaient dit : « D'accord. » C'était comme si au fond d'eux ils savaient qu'ils ne devaient pas trop la ramener. Qu'est-ce qui faisait que certains arrivaient dans le quartier où papa avait emménagé et disaient : « Jamais je n'habiterai ici », et qu'est-ce qui faisait que d'autres y déposaient leurs affaires ? La réponse n'était pas si compliquée. Il suffisait de regarder papa et ses colocataires. Ni Oumar ni Gislaine n'avaient vraiment le choix.

Quand on est arrivés devant le gymnase, personne n'était encore sorti. On a vite repéré le hangar à vélos et les scooters à côté et on s'est posés à côté d'une rambarde, à droite du parking à vélos, en attendant que les gars de l'équipe de basket sortent. Un groupe est sorti (que des blancs-becs) qui s'est vite disloqué. Trois gars sont restés à discuter en se dirigeant vers les scooters alors que les deux autres sont partis à pied en direction du centre-ville.

Ceux qui sont restés nous mataient en cachette et je me suis dit qu'ils devaient se demander ce que cette fille « bien comme il faut » fabriquait avec deux types qu'avaient pas « la couleur locale ». On les toisait aussi, ces cons. Mais eux, tu voyais qu'ils avaient carrément les moyens de leur arrogance : ils ne portaient que de la marque et pas des petites ! L'un d'entre eux avait des baskets Gucci aux pieds. J'imaginais la tête de papa si ce jour où j'avais voulu qu'il m'achète des Jordan je lui avais demandé des baskets Gucci. Je crois qu'il aurait fait un arrêt cardiaque ou qu'il aurait demandé à retourner en Afrique. « S'il faut payer des chaussures aussi chères pour montrer à son fils qu'on l'aime dans votre France là, moi je préfère rentrer chez moi. »

On entendait très bien leur conversation. Ils parlaient du championnat de basket américain en tirant sur leurs cigarettes qu'ils tenaient comme si c'étaient des joints et je me suis dit qu'à part le fait qu'on devait leur être hostiles – c'était le travail, lol, rien de personnel –, dans un autre contexte on aurait pu sympathiser avec eux. C'était pas comme si Idrissa et les gars de chez nous ne savaient pas ce que c'était que de prendre quelqu'un en grippe et de le taquiner lourdement.

On commençait à trouver le temps long quand même et je me suis approché d'Hortense. J'ai pris discrètement sa main dans la mienne, qu'elle a serrée un moment avant de la relâcher doucement. Je n'ai pas eu le temps de mal le prendre parce qu'Édouard est finalement sorti, en doudoune, jogging et claquettes-chaussettes aux pieds.

— Regardez qui vient là, a crié subitement Idrissa. Mon

pote Édouard. Le seul Blanc qui sache sauter. *Wassup Bro'?* Ça fait un bail.

Édouard s'est arrêté net. Comme s'il était lui-même surpris du caractère trop chaleureux de cet accueil et qu'il n'en attendait pas tant.

— Wesh, les frangins, c'est comment ? Bien ou bien ? a-t-il fini par dire le plus naturellement possible. (Peut-être qu'il parlait vraiment comme ça avec ses potes du XVIe et de Neuilly ?)

On a avancé tous les trois vers lui et il nous a pris dans ses bras comme les Noirs américains le font dans les films, pas une accolade où l'on passe ses bras autour du cou mais où on se serre la main et on se tape épaule opposée contre épaule opposée tandis que l'autre main tape dans le dos de la personne qu'on salue. On n'entendait plus les trois garçons derrière nous.

— Ça fait plaisir de vous voir les gars ! On va se boire un verre pour fêter ça, il a proposé en faisant un signe de la tête qui indiquait le chemin.

— Attends, Ed ! Tu m'as pas dit qu'il y a des gars dans ton équipe qui te cherchaient ?

Et sans attendre la réponse, Idrissa s'est tourné vers les trois gars, puis, en s'avançant vers eux, il a dit avec un ton qui se voulait plus calme mais qui n'en était pas moins inquiétant :

— Dites-moi, les gars, c'est pas vous qui faites chier mon pote Édouard, par hasard, à l'appeler « la tafiole » ? C'est facile quand on est trois contre un...

Les trois types restèrent silencieux, à se regarder en faisant rouler leurs pupilles dans leurs yeux ou en détournant le regard dans le vide.

— Vu vos gueules, on dirait bien que c'est vous, a dit Idrissa en s'arrêtant à un mètre d'eux.

— Oui mais…, a commencé un des garçons qui était moins grand que les autres. Il se la raconte aussi ton pote. Il peut pas faire une passe sans avoir dribblé mille fois et quand il fait une passe, le plus souvent, c'est pas parce que t'es démarqué mais parce qu'il est bloqué et d'autres fois, t'es dans une position de jeu favorable, il continue à dribbler comme un con. C'est un meneur mais on dirait qu'il sait pas mettre en place un système de jeu…

On avait affaire à un vrai technicien du sport. Et le gars était presque de la même taille qu'Édouard. Une pensée s'est glissée subrepticement dans mon esprit : est-ce que tout ça, toute cette expédition punitive pour défendre un gentil garçon qui se faisait malmener par des congénères, n'était pas en réalité une histoire de compétition pour le poste de meneur titulaire au sein de l'équipe A? Édouard jouait meneur. Le gars qui venait de parler avait bien l'air d'être un meneur lui aussi.

Au basket, le numéro 1, *point guard* en anglais, ou meneur en français, a presque le même rôle que le numéro dix au foot. C'est lui qui organise le jeu offensif et qui est supposé mettre en place le plan conçu par le coach. Il est de fait le joueur qui aura le plus le ballon en main. C'est un poste clef. Il faut avoir une super maîtrise du dribble, être un vrai virtuose du maniement de la balle, avoir une excellente vision du jeu, aimer faire briller ses partenaires, et comme généralement le meneur (sauf exception) est petit de taille, bah il faut savoir shooter ou jouer en pénétration avec explosivité et inventivité. Cette histoire de compétition qui tourne mal faisait sens parce que Levallois est un club prestigieux dans le basket français, et que jouer dans l'équipe A, ça revenait en quelque sorte à être le capitaine de l'équipe de foot dans les films ou les séries sur les adolescents américains et du coup, ça se comprenait qu'Édouard soit prêt à lâcher deux cents euros pour intimider son adversaire principal. J'aurais aimé dire à Idrissa de calmer le jeu et de réfléchir à l'option où on était manipulés par Édouard alors que le mec à abattre ne serait pas forcément le salaud annoncé. Mais les choses prirent un cours irréversible quand Idrissa a poussé le gars des deux mains.

Il serait tombé sur les fesses si ses deux amis ne l'avaient pas retenu.

— C'est toi qui fais chier Édouard, a répété Idrissa avec colère.

L'un des gars s'est mis à rire.

— Waouh, le bouffon !

Il riait en fixant Édouard.

— Il a ramené ses gorilles pour le défendre, a-t-il poursuivi.

Pour ma part, j'avais compris l'expression « ses gorilles » comme « ses gardes du corps » mais Idrissa l'a prise autrement.

— Quoi ? Tu me traites de macaque, il a crié en se tournant vers celui qui fixait Édouard.

Le gars est devenu tout rouge et a ouvert de grands yeux. On ne voyait plus que la peur dans son regard. Il était comme tétanisé et n'a même pas cherché à éviter le coup quand Idrissa lui a mis une claque du plat de la main. On a entendu le son résonner bien après l'impact. Le gars criait de douleur en se tenant la joue. Il faisait des petits sauts ridicules comme on fait des mouvements incontrôlés de la langue quand on vient de se la brûler en mangeant un truc trop chaud, en imaginant que toute cette agitation va faire baisser l'intensité de la douleur ou nous la faire oublier. Idrissa est resté comme ça, immobile, à le regarder de haut, mais celui qui était en compétition pour le poste de meneur avec Édouard en a profité pour le frapper dans le dos. J'ai à peine eu le temps de dire « Attention ! » qu'Idrissa l'avait saisi par le bras, et s'accroupissant légèrement sur ses jambes et portant le poids de son adversaire contre sa hanche, il l'avait fait tourner en l'air et laissé retomber comme un sac de ciment sur le sol. Les pauvres gars n'avaient aucune chance. À quinze ans Idrissa mesurait presque un mètre quatre-vingt-cinq et faisait près de quatre-vingt-dix kilos. En sixième et en cinquième, il avait été judoka dans la classe aménagée pour les sportifs et les maîtrisiens de Radio France du collège.

Ouais c'est pas des conneries, dans mon collège, à Bondy, il y a dans chaque niveau une classe qu'on appelle « la maîtrise » et où les élèves n'ont cours que le matin, et l'après-midi, ils font des activités extrascolaires encadrées par des professionnels. Il y en a qui chantent dans la chorale de Radio France, la maîtrise proprement dite, et des fois on peut même les voir à la télé pour le 14-Juillet et tout. Y en a d'autres, ils font de l'escrime et d'autres du judo, Idrissa était dans cette classe quand il est arrivé au collège, pour le judo mais après, comme ses notes et son attitude ça suivait pas, il est arrivé dans ma classe en quatrième mais on était déjà potes avant. Bref, ces trois gars, ils avaient aucune chance comme je disais. La bagarre n'avait duré que quelques secondes mais j'ai vu la scène comme au ralenti et depuis j'ai l'impression que je l'ai revue mille fois dans ma tête. Le type au sol s'est mis à gueuler, les deux autres ont bien reculé de trois mètres et c'est à ce moment que l'entraîneur et son assistant, deux géants, sont sortis du gymnase avec d'autres adhérents du club qui ont tous poussé des grands cris de panique.

— Du calme! Qu'est-ce qui se passe ici, a hurlé l'entraîneur, un grand roux, avec des cheveux blancs sur le côté et plein de taches de rousseur sur le visage.

Il a laissé tomber les deux sacs remplis de ballons qu'il avait dans les mains et a couru vers Idrissa avant de le toiser avec un regard dur :

— Tu veux pas essayer avec moi, hein? a-t-il crié en s'interposant entre le mec au sol et Idrissa.

Idrissa a fait quelques pas en arrière.

— Avec quelqu'un de plus grand que toi, ce sera peut-être différent, a continué l'entraîneur.

— Vas-y me parle pas, toi, a dit Idrissa en reculant encore.

— Ça va Jules? a demandé le coach en se baissant vers le gars qui était toujours par terre et en lui tendant la main pour l'aider à se relever.

— Non j'ai mal. Je crois que c'est cassé.

24

Bien sûr, on a eu notre argent. On se l'est partagé fifty-fifty. Mais quand on eut l'occasion d'en parler, quand les choses se furent calmées et qu'on comparait cette somme avec les soucis qui étaient venus avec, on était d'accord pour se dire que si jamais on avait le choix, on aurait tous les deux rendu l'argent avec les problèmes et on serait revenus en arrière. Moi, ça va encore. Je n'étais pas vraiment impliqué, mais pour les trois autres ça allait forcément être plus compliqué une fois venu le moment de s'expliquer avec les parents.

Le coach a pas voulu laisser partir Idrissa sans l'emmener avec Jules au commissariat de police. C'était complètement dingue parce qu'à un moment, il s'est retrouvé à retenir physiquement Idrissa pendant que son assistant appelait la police. Les keufs sont arrivés, tellement vite, et ils sont partis tous les trois, le coach, Idrissa et Jules. Du coup, nous, on a repris la route, silencieux et abasourdis, avec Hortense et Édouard. Arrivé au métro, en me serrant la pince, Édouard a glissé l'argent dans ma paume, sans me prévenir, et sans qu'Hortense ne s'en rende compte. Je le fixais dans les yeux. Il ne laissait rien paraître, aucune émotion, lui qui venait de mettre tout le monde dans la merde. J'avais envie de l'envoyer chier mais à quoi ça aurait bien servi ? Il a reculé et Hortense s'est avancée vers moi. Elle avait l'air complètement paniquée. Elle frissonnait et se tenait voûtée comme un petit animal fragile.

— Tu avais raison, c'était pas une bonne idée...

À qui le disait-elle ?

Mon pote était au commissariat de Levallois et à vingt heures, Levallois c'est loin de Bondy comme Marseille, surtout si son père travaillait de nuit et que sa mère, qui parlait à peine le français, devait répondre au coup de fil de la police.

— Je vais pas te dire que je te l'avais dit...

— Non, dit-elle, avant de me serrer dans ses bras. Ce n'est pas la peine. Je ne sais pas comment on va faire pour raconter ça à nos parents.

Quelques jours plus tard, elle m'a envoyé un long message comme quoi ses parents lui avaient interdit de me revoir sinon ils menaçaient de l'envoyer en pension en Suisse. J'ai bien continué à lui envoyer des messages par Snapchat ou Instagram mais elle ne me répondait plus. Quand la vague est passée et que j'ai pu voir Idrissa pour lui remettre sa part de la maille, c'est lui qui m'a appris que le père d'Hortense et le père d'Édouard avaient pris en charge les frais de santé de Jules et que le père d'Édouard avait payé les frais d'avocat pour lui et aussi payé les dommages et intérêts versés aux parents de Jules. J'imaginais la scène où les parents d'Édouard et ceux d'Idrissa se rencontraient et je me marrais tout seul. Pour le coup, voilà des gens qui ne parlaient vraiment pas la même langue et c'était même pas une vue de l'esprit. Finalement, les choses ne s'étaient pas si mal arrangées que ça pour Idrissa, à part une nuit au poste parce que personne pouvait venir le chercher un jeudi soir à Levallois et, bien sûr, à condition d'omettre les coups de ceinture qu'il a reçus une fois de retour à la maison.

25

La vie a repris son cours : l'école, les jours qui s'amenuisent et le froid jusqu'aux vacances de Noël. C'était la première fois que papa revenait à la maison depuis la fameuse dispute. Tout le monde a fait des efforts pour que le réveillon se passe bien – leurs sœurs du Cap et de Montréal les avaient bien enguirlandés de s'être fâchés comme ça, deux frères franchement ! – et même Béatrice a été gentille avec papa et lui a offert un beau pull griffé. Tonton Fulgence lui a offert des chaussures Dolce & Gabbana. Et moi, je lui ai fait un cadeau qui l'a grave surpris.

Je lui ai tendu une enveloppe et il a commencé à rigoler.

— Fulgence, tu vois ça ? Ton fils est devenu un grand ministre africain qui distribue les enveloppes...

— Enveloppe ministérielle, a dit tonton Fulgence en lui tapant dans la main et en partant dans un grand rire.

— Boris, c'est beaucoup d'argent, a dit papa quand il a vu les cent euros. Viens, je te rends même cinquante.

— Non papa, c'est pas la peine. J'ai gardé cet argent pour que tu l'envoies à Izahora et à Zaïra...

Son regard s'est éclairé subitement et un sourire tellement grand s'est imprimé sur son visage ! On aurait dit qu'un de ses rêves venait de se réaliser. Il m'a pris dans ses bras et je lui ai rendu son étreinte. Il ne savait pas quel soulagement c'était pour moi de faire la paix avec lui en utilisant cet argent de malheur pour faire le bonheur de deux personnes qui lui étaient chères. Pendant le repas, papa a profité de l'occasion pour nous parler, devant Béatrice cette fois, du plan de Vincent. Béatrice a fait semblant d'écouter mais c'était facile à voir qu'elle n'était pas pour. Elle avait peur pour Fulgence qui serait parjure devant la loi et qui aurait aussi besoin des services de Vincent. Surtout, selon elle, c'était mettre trop de pression sur mes frêles épaules et tout ce qu'on allait gagner c'était de voir tous les racistes de France s'en prendre à notre famille.

— J'imagine déjà les débats à la con sur BFMTV, a-t-elle dit avant de se lancer dans l'imitation de quelqu'un qui aurait pu être Éric Zemmour : « Pourquoi les croirait-on ? Ils mentent pour venir chez nous. On les laisse gentiment s'installer et une fois qu'ils nous ont pris par les sentiments, ils se montrent pour qui ils sont, et on doit changer les lois pour les garder avec nous alors que c'est eux les menteurs et les profiteurs, et si nous, qui sommes les partisans de la loi, on leur dit "au revoir", "bien le bonjour chez vous", on va nous traiter d'insensibles ? » Si c'est le genre de discours que vous êtes prêts à entendre à longueur de journée, moi ça me va ! Je me boucherai les oreilles et j'éviterai la télé... de toute façon, c'est à Boris de décider.

Après le réveillon, papa est resté à la maison avec nous pour deux jours qui furent super cool. On a joué à NBA2K et on a même fait un tournoi à FIFA avec Béatrice et tonton Fulgence. Il a appelé Zaïra et nous l'a passée au téléphone, et tout le monde a pu lui dire un petit mot. Ce sont vraiment les meilleurs moments qu'on ait vécus tous ensemble depuis son arrivée. Le matin du troisième jour, il m'a dit au revoir avant d'aller au travail parce qu'après le boulot, il devait rentrer chez lui à Bobigny. Il n'était plus intérimaire, depuis peu, mais embauché au Monoprix de Bondy, et même si j'avais un peu honte d'aller le voir là-bas et de demander Patience – encore un mensonge –, je lui ai promis de passer plus souvent lui faire un coucou, au travail, et même de dormir chez lui les week-ends si Gislaine ne s'y opposait pas. Il m'a dit « Ce n'est pas un problème », et il est parti.

Trois jours plus tard, Hassane, le voisin d'origine tunisienne qui travaillait au Monoprix et qui avait fait embaucher papa, a frappé à notre porte, vers vingt heures. C'est moi qui ai ouvert comme d'habitude. Hassane n'avait pas l'air dans son assiette :

— Tes parents sont là, Boris ?

Je l'ai conduit au salon. Béatrice et tonton Fulgence lui ont proposé de s'asseoir et ont demandé s'il voulait boire quelque chose, mais il a refusé.

— C'est pas facile d'être celui qui apporte une mauvaise nouvelle, a-t-il dit en guise d'introduction. Tout le monde savait au bout d'un moment que Patience travaillait avec les papiers d'un autre, je veux dire, nous les employés, la direction, ça je sais pas… Et nous, on s'en foutait. Daniel, c'est quelqu'un de bien, très sympa et gentil comme tout. Mais aujourd'hui la police est venue l'arrêter au motif d'usurpation d'identité…

Le tonton dont papa utilisait les papiers pour travailler

bossait lui-même au noir dans la sécurité donc il n'y avait aucune raison de s'inquiéter au niveau administratif. Papa et lui se rencontraient une fois par mois pour que le tonton lui remette son salaire en espèces – moins le prix du service – après l'avoir retiré à la poste de porte de la Chapelle. Mais lors de leurs deux dernières rencontres, c'était la femme du tonton qui était venue lui donner son argent et elle avait seulement dit à papa que son mari avait voyagé. Tout ça, papa nous l'a expliqué quand on est allés lui rendre visite au centre de détention. La police lui a expliqué que le tonton en question était *tombé* pour une affaire de stupéfiants, mais au lieu de prévenir papa et de lui dire d'arrêter de travailler avec ses papiers il avait préféré garder le silence, pensant sans doute que les policiers ne feraient pas le recoupement, avec en tête l'idée de profiter toujours d'une petite rentrée d'argent qui ne demandait pas d'efforts particuliers, sauf que lorsqu'ils ont épluché ses comptes deux mois après sa mise en détention, et qu'ils ont vu qu'il recevait toujours son salaire de Monoprix, les policiers ont eu la curiosité d'aller voir qui travaillait vraiment dans ce magasin.

C'était vraiment la cerise sur le ghetto comme aimait le dire Idrissa : papa risquait d'être reconduit à la frontière par la bêtise d'un frère congolais qui – bien que naturalisé français – n'avait toujours rien compris aux pays des Blancs et à leur logique administrative. Deux jours après, nous étions tous encore dépités mais c'est Vincent qui nous a reboosté le moral. On est allés au restaurant, lui, Véronique et nous. J'ai enfin pu voir le fameux Vincent. Et je l'imaginais pas comme ça, tout banal, au premier abord. Ce n'est pas quelqu'un qui attire l'attention mais quand il se met à discourir, ça devient autre chose. À table, il m'a parlé longuement. Il m'a expliqué pourquoi la procédure qu'il avait en tête pouvait sembler folle à beaucoup de ses confrères. Il a répété à plusieurs reprises que quand la loi est mal faite, ce n'est pas grave de l'exposer pour montrer ses failles au grand jour. « Il y a la loi d'un côté, a-t-il poursuivi, et de l'autre côté, des hommes, des cœurs, du sang, des larmes et de la sueur. Une frontière n'est rien d'autre que la manifestation physique de la loi et elle ne stoppe que ceux qui n'ont pas les moyens de la franchir ou de l'escalader. Notre objectif, a-t-il continué, c'est de montrer à l'opinion publique que, dans votre cas, ne s'arrêter qu'au texte de la loi serait inhumain, et qui veut encore obéir à des lois inhumaines après des choses comme l'esclavage ou le nazisme, phénomènes horribles qui ont été permis par la règle de droit, je le rappelle ? Je t'assure Boris : la loi ne peut pas se présenter avec un visage d'autorité devant toi. Elle ne peut rien contre toi ! Et pour la France, trancher cette question, ça voudra dire beaucoup aussi. Serons-nous un peuple qui sépare l'enfant de son père ? Serons-nous une nation qui brise la vie d'un garçon, français, parce que sa manière d'être devenu français n'est pas catholique ? C'est tout ça qu'il y a derrière notre action Boris ! Quand tu seras plus grand, tu comprendras à quel point c'était important et tu seras fier d'y avoir apporté ta contribution. » Il parlait avec tellement de passion que j'ai compris pourquoi papa lui avait accordé sa confiance. C'est là qu'il m'a appris que la première étape pour moi serait de parler à un psychologue qui servira d'expert auprès des tribunaux. Il a bien insisté sur le fait que je devais tout vous raconter sur moi et sur notre vie depuis l'arrivée de papa. Il a aussi répété que votre avis sera très important pour qu'il puisse rester en France avec nous. Voilà, madame, je pense bien que je vous ai tout dit. Peut-être même un peu plus.

DANS LA MÊME COLLECTION

José Eduardo AGUALUSA
La saison des fous

Aminata AIDARA
Je suis quelqu'un

Kangni ALEM
Un rêve d'Albatros

Théo ANANISSOH
Lisahohé
Un reptile par habitant
Ténèbres à midi
Delikatessen
Perdre le corps

Nathacha APPANAH
Les rochers de Poudre d'Or
Blue Bay Palace
La noce d'Anna

Mariama BARRY
Le cœur n'est pas un genou que l'on plie

Blick BASSY
Le Moabi Cinéma

Pascal BÉJANNIN
Mammo

Gaëlle BÉLEM
Un monstre est là, derrière la porte

BESSORA
Cueillez-moi jolis Messieurs...
Et si Dieu me demande, dites-Lui que je dors

Mongo BETI
Le Rebelle I
Le Rebelle II
Le Rebelle III

Florent COUAO-ZOTTI
Poulet-bicyclette et Cie
Western tchoukoutou

Jacques DALODÉ
Très bonnes nouvelles du Bénin

Ananda DEVI
Pagli
Soupir
Le long désir
La vie de Joséphin le fou

Aly DIALLO
La révolte du Kòmò

Ousmane DIARRA
Vieux Lézard
Pagne de femme
La route des clameurs

Asya DJOULAÏT
Noire précieuse

Eugène ÉBODÉ
La transmission
La divine colère
Silikani
Métisse palissade
La Rose dans le bus jaune
Souveraine Magnifique
Le Balcon de Dieu
Brûlant était le regard de Picasso
Habiller le ciel

EDEM
Port Mélo

Gaston-PAUL EFFA
Le cri que tu pousses ne réveillera personne
Rendez-vous avec l'heure qui blesse
Le miraculé de Saint-Pierre
La verticale du cri
L'enfant que tu as été marche à côté de toi

Libar M. FOFANA
Le fils de l'arbre
N'körö
Le cri des feuilles qui meurent
Le diable dévot
L'étrange rêve d'une femme inachevée
Comme la nuit se fait lorsque le jour s'en va

Emmanuel GENVRIN
Rock Sakay
Sabena

Mambou Aimée GNALI
Bèto na Bèto. Le poids de la tribu
L'or des femmes

Emmanuel GOUJON
Depuis le 11 septembre

Mahamat-SALEH HAROUN
Djibril ou les ombres portées
Les culs-reptiles

Marie-THÉRÈSE HUMBERT
Les désancrés
Maisons et Royaumes

Sylvie KANDÉ
Lagon, lagunes
La quête infinie de l'autre rive

Fabienne KANOR
D'eaux douces
Humus
Les chiens ne font pas des chats
Anticorps

Edem KODJO
Lettre ouverte à l'Afrique cinquantenaire

Koffi KWAHULÉ
Babyface
Monsieur Ki. Rhapsodie parisienne à sourire pour caresser le temps

Henri LOPES
Ma grand-mère bantoue et mes ancêtres les Gaulois
Une enfant de Poto-Poto
Le Méridional

Antoine MATHA
Épitaphe

Justine MINTSA
Histoire d'Awu

BONIFACE MONGO-MBOUSSA
Désir d'Afrique
L'indocilité. Supplément au Désir d'Afrique

Scholastique MUKASONGA
Inyenzi ou les Cafards
La femme aux pieds nus
L'iguifou. Nouvelles rwandaises
Notre-Dame du Nil
Ce que murmurent les collines. Nouvelles rwandaises

Tidiane N'DIAYE
Les Falachas, Nègres errants du peuple juif
Le génocide voilé
Par-delà les ténèbres blanches
Le jaune et le noir
L'appel de la lune

Donato NDONGO
Les ténèbres de ta mémoire

Mamadou Mahmoud N'DONGO
La géométrie des variables
Mood Indigo
Remington
Les corps intermédiaires
Kraft
Golda Kane

Patrice NGANANG
L'invention du beau regard

NIMROD
La traversée de Montparnasse
Le temps liquide

Idi NOUHOU
Le roi des cons

Gaël OCTAVIA
La fin de Mame Baby
La bonne histoire de Madeleine Démétrius

Frédéric OHLEN
Quintet
Les mains d'Isis

Gérard PRUNIER
L'amour est plus dangereux que la mâchoire des crocodiles

Jean-FRANÇOIS SAMLONG
Une guillotine dans un train de nuit
En eaux troubles
Hallali pour un chasseur
Un soleil en exil

Arnold SÈNOU
Ainsi va l'hattéria

Amal SEWTOHUL
Histoire d'Ashok et d'autres personnages de moindre importance
Les voyages et aventures de Sanjay, explorateur mauricien des Anciens Mondes
Made in Mauritius

Natasha SOOBRAMANIEN
Genie et Paul

Sami TCHAK
Place des Fêtes
Hermina
La fête des masques
Les fables du moineau

Anne TERRIER
La malédiction de l'Indien

Amos TUTUOLA
L'ivrogne dans la brousse

Tchicaya U TAM'SI

J'étais nu pour le premier baiser de ma mère, Œuvres complètes, I

La trilogie romanesque : Les cancrelats – Les méduses – Les phalènes, Œuvres complètes, II

Ces fruits si doux de l'arbre à pain – La main sèche – Légendes africaines, Œuvres complètes, III

Abdourahman A. WABERI

Rift Routes Rails

Transit

Composition : PCA/CMB
Achevé d'imprimer
par CPI Firmin-Didot
à Mesnil-sur-l'Estrée, en février 2023
Dépôt légal : février 2023
Numéro d'imprimeur : 173990

ISBN : 978-2-07-302034-5/Imprimé en France

560947